Les orphelines d'Abbey Road

4. L'invasion des Mogadors

Audren

Les orphelines d'Abbey Road

4. L'invasion des Mogadors

l'école des loisirs
11, rue de Sèvres, Paris 6ᵉ

Note de l'auteur

À la fin de ce livre, vous trouverez un rappel des personnages et des lieux évoqués dans les tomes 1, 2 et 3.

© 2014, l'école des loisirs, Paris
*Loi n° 49.956 du 16 juillet 1949 sur les publications destinées à la jeunesse : mai 2014
Dépôt légal : mai 2014*

ISBN 978-2-211-21616-6

Pour Peter Eliott Sandberg

RÉSUMÉ DE L'AUTEUR

Dans le Finnsbyshire, tout appartenait à la famille Bartropp. D'ailleurs, chaque soir, les orphelines d'Abbey Road remerciaient Jésus, mais aussi Lady Bartropp, qui finançait l'abbaye et son orphelinat, anciennement nommé manoir du Diable Vert. Le petit bois, situé derrière le potager des sœurs, cachait un accès magique à Alvénir, « le pays de ce qui nous manque ».

Margarita Von Straten, l'aînée des orphelines, avait grandi dans l'abbaye avec ses amies Joy, June, Ginger, Hope et Prudence jusqu'au jour où elle avait découvert que Lady Bartropp et Dawson, le jardinier de l'abbaye, étaient en fait ses parents. Elle s'était installée avec eux au château de Sulham, non loin de la ville d'Appleton. Depuis, sa grande amie Joy lui rendait visite pendant les vacances. Tout aurait pu ressembler à une jolie histoire sans ombres… si les orphelines ne s'étaient pas aventurées dans les souterrains de l'abbatiale.

Le Diable Vert y vivait caché depuis qu'il avait été banni d'Alvénir pour avoir fomenté la révolte des Mogadors. Privé de l'énergie vitale de la source sacrée d'Alvénir, il avait besoin de celle des êtres humains pour survivre. Aussi choisissait-il parfois ses proies parmi les occupants de l'abbaye. Il brûla ainsi le poignet de Prudence pour absorber son énergie. Grâce à un vieux manuscrit retrouvé dans l'abbatiale, Joy et ses amies apprirent que l'eau de la source sacrée d'Alvénir était l'unique remède pour guérir les brûlures du Diable. Seule Ginger pouvait conduire Joy en Alvénir et aider à la guérison de Prudence. Ginger ne ressemblait pas aux autres orphelines. Certains habitants d'Alvénir prétendaient qu'elle avait du sang sacré, alors qu'elle ne cessait de répéter que ses parents étaient des gens « normaux », disparus tragiquement dans un tremblement de terre. Pourtant, guidée par une mystérieuse voix – un guide interne propre aux enfants orphelins de sang sacré, apprendrait-elle beaucoup plus tard de la bouche du grand sorcier Alfomène Sitranpuk –, elle était la seule à pouvoir ouvrir les portes d'Alvénir, la seule aussi à ne pas entendre la chanson latine, cette sorte de souvenir maléfique génétique, qui la poursuivait comme son ombre. Elle comprit également plus tard qu'elle pouvait s'en débarrasser en effaçant le mal qu'avaient fait ses ancêtres.

En Alvénir, Joy et Ginger furent accompagnées par sœur Eulalie, la sœur de Lady Bartropp. C'était l'une des rares religieuses sympathiques de l'orphelinat. Les autres (sœurs Ethelred, Alarice, Wilhimina…) menaient la vie dure aux orphelines. Eulalie fut kidnappée par la Grande Chouette, la présidente de ce monde étrange, pour enseigner la notion de bonheur aux Almours.

Les Almours étaient des êtres à part aux yeux violets, conçus pour aider les habitants d'Alvénir en toutes circonstances. Ils n'avaient pas de sentiments propres, ils ne connaissaient ni le rire, ni l'amour, ni le bonheur, mais faisaient toujours preuve d'une attitude extrêmement positive. Joy, qui était revenue en Alvénir pour retrouver ses parents disparus en mer, ne put résister au charme d'Alonn, un Almour. Pour la première fois, elle découvrit le sentiment amoureux. Malheureusement, son amour ne pouvait pas être réciproque.

Accompagnée de Ginger, d'un Dawson transformé en nouveau-né, et d'une Lady Bartropp amnésique, Joy vécut une aventure épuisante doublée d'une grande déception. Afin de retrouver « ce qui lui manquait », il lui fallait venir à bout de trois quêtes : « calambrer » dans le palais d'Alpagos (et découvrir la signification de calambrer), désarmer Chronos (le Temps), qui habitait derrière l'une des trois portes gardées par Alsima*, la fée-chatte, et enfin retrouver des perles du collier sacré. Pendant la révolte des Mogadors, lorsque Altenhata, la mère d'Alsima, avait été décapitée, les perles éparpillées de son collier avaient été volées par des bandits.

Lors de leurs premiers voyages, les orphelines ne savaient pas grand-chose des Mogadors, si ce n'est qu'ils n'avaient pas

---

* Alsima avait vécu, contre sa volonté, sous l'abbaye en compagnie du Diable Vert. En effet, lorsqu'il avait été chassé d'Alvénir, le Diable Vert l'avait kidnappée pour priver les habitants de ses pouvoirs féeriques. Alsima était la seule à pouvoir ouvrir les Portes du temps. Comme les orphelines lui avaient permis de regagner Alvénir, elle les mena à Chronos, le Temps.

d'empreintes au bout des doigts et que l'on pouvait être happé dans leur pays par des failles dissimulées dans la ville d'Alegory. Après leur révolution, quelques bandits avaient gardé un pied-à-terre dans le monde d'Alvénir. Ils habitaient le quartier d'Extrême Frontière et s'étaient mariés à des femmes d'Alvénir pour ne pas en être chassés. Leurs enfants étaient souvent des voyous. Dans le passé, Alvénir s'était annexé le pays Mogador car il existait là deux autres sources sacrées, pourvoyeuses d'énergie. Les Mogadors, quant à eux, avaient besoin des récoltes d'Alvénir car rien ne poussait sur leurs terres.

C'est en cherchant les perles sacrées que Joy et Ginger firent la rencontre d'Altman, un garçon intelligent et sympathique qui leur servit de guide en pays Mogador. Ils y croisèrent également Myst, la jolie bandit, employée par Alilam, le père d'Aljar, un ami d'Altman. Contre la volonté de la Grande Chouette, Alilam cherchait à reconstituer le collier sacré, dont les perles magiques offraient un sésame à tout individu désireux de circuler d'un monde à l'autre. Myst avait réussi à voler à trois filles mogadores des perles sacrées reçues en cadeau de leur père. Animée par sa quête, Joy dut, contre son gré, s'emparer de ces perles. Myst devint alors la prisonnière d'Alilam, pour avoir échoué dans sa mission. Heureusement pour Myst, Aljar n'était pas loin... et Aljar l'aimait bien...

Pour Joy, Alvénir ne tint pas ses promesses. Les sentiments furent la partie la plus triste et douloureuse du voyage. Elle dut accepter qu'Alonn ne s'intéresse pas plus à elle qu'à une autre.

En outre, elle ne retrouva pas vraiment ses parents. Elle les croisa rapidement sur une île déserte où ils semblaient s'être installés pour l'éternité. Même s'ils lui promirent d'être toujours à ses côtés, même si sa mère lui offrit une écharpe tricotée par ses soins, Joy comprit qu'ils étaient morts et qu'ils ne reviendraient plus jamais auprès d'elle.

À l'issue de leurs quêtes, Dawson retrouva sa taille adulte, Lady Bartropp sa mémoire, et Eulalie sa liberté. Malheureusement, en pénétrant dans l'abbaye, tous eurent la terrible surprise de découvrir les orphelines, les sœurs, le père Phildamon et la famille de Margarita dans un état préoccupant. Ils semblaient possédés. Ils fredonnaient la chanson latine de Ginger. Le Diable Vert qui se cachait en fait depuis quelque temps sous les traits du jardinier Sir de Grevelin avait soufflé sur eux de la poudre d'alchimine et rien ne semblait pouvoir les sortir de leur torpeur. Heureusement, Margarita, Ginger, Joy et June parvinrent à éviter ce mauvais sort. Guidées par la voix interne de Ginger, elles prirent le chemin du monde d'Alvénir pour tenter de sauver les leurs. Afin d'éviter le Diable, elles passèrent par le village voisin où elles retrouvèrent Prudence, qui avait réussi à fuir avant elles. Elles rencontrèrent aussi une vieille femme aveugle. Honorée de recevoir la fille de Lady Bartropp dans sa maison, celle-ci leur offrit un dîner et des lampes torches pour leur excursion nocturne. En échange, Margarita lui promit de retrouver Wesley, son ancien amoureux, qui n'était autre que le cocher du château de Sulham.

Dès que les orphelines arrivèrent en Alvénir, Joy apprit

qu'Alonn dépérissait d'heure en heure depuis qu'il avait contracté la maladie d'Almour. Était-elle le déclencheur de ce curieux dérèglement ? L'état d'Alonn semblait très préoccupant mais Joy préféra se concentrer sur sa mission. Alonn avait été si désagréable et méprisant avec elle qu'elle essayait de ne plus l'aimer. Pour soigner les victimes du Diable Vert, il n'existait qu'un antidote possible : l'alchiminott. On ne pouvait le trouver qu'en pays Mogador. Or, dès que les orphelines arrivèrent en Alvénir, Myst leur apprit que cet élixir n'était plus fabriqué, faute d'ingrédients. Afin de sauver les leurs, il leur fallait donc retourner dans le passé pour tenter de changer le cours des événements et arrêter la révolte du Diable Vert.

Alsima ouvrit la Porte du passé aux orphelines. Elles firent alors un voyage en montgolfière qui les conduisit jusqu'à l'époque d'Altenhata (la mère d'Alsima), quelques jours avant la révolte des Mogadors. Grâce à un « Sentor » magique, elles parvinrent à retrouver le Diable Vert. C'était un sorcier qui portait le nom de Volem Ratamazaz. Il n'avait à l'époque encore rien d'un Diable. Volem avait été l'amant d'Altenhata. Ils avaient eu un fils ensemble : Almohara. (Comme il portait le nom de famille de Ginger, on supposa qu'il s'agissait d'un membre de sa famille, mais Ginger refusait encore de l'entendre.) En Alvénir, il était impensable qu'un être de sang sacré s'unisse avec un Mogador. Dans le passé, en effet, les Mogadors étaient déjà considérés, sans raison, comme des êtres « inférieurs » par le peuple d'Alvénir. Cette liaison et cet enfant devaient donc rester secrets. Altenhata avait quitté Volem et l'avait séparé de son fils, tant elle n'assumait pas cette union interdite.

Volem, abattu, en voulut énormément à Altenhata. Sa colère personnelle se transforma petit à petit en une révolte contre le gouvernement d'Alvénir dans laquelle il entraîna une bonne partie du peuple mogador. Dans un moment d'égarement, il eut le malheur d'avaler une mauvaise potion qui le transforma en l'affreux Diable Vert. Les orphelines assistèrent à sa métamorphose. Chez lui, parmi les flacons de potions, elles trouvèrent de l'alchiminott qu'elles voulurent rapporter immédiatement à l'abbaye. Chez lui, elles trouvèrent aussi Mauk, un jeune et beau Mogador, le fils d'un ami de Volem. Joy tomba rapidement sous son charme. Il n'avait qu'une idée en tête : repartir avec les orphelines, qu'il prenait pour des comédiennes itinérantes. Or Volem décida d'enfermer les filles chez lui, tant il craignait qu'elles ne trahissent ses projets de révolte en Alvénir. Mauk les aida à s'échapper. Le cœur de Joy penchait de plus en plus pour le jeune Mogador, bien qu'elle n'ait cessé de penser à Alonn et à la maladie qui semblait l'avoir abattu.

Alors que les orphelines s'apprêtaient à rentrer à l'abbaye, Prudence disparut soudain au croisement d'un chemin, les bras chargés de la plupart des pots d'alchiminott. Puis Alonn, suivi de la Grande Chouette, interrompit la course de Joy. Elle fut alors séquestrée au Palais en compagnie de June, avec l'obligation de soigner Alonn. Les deux filles parvinrent malgré tout à s'échapper, grâce à la complicité du reflet de Margarita.

On apprit à la fin du tome 3 qu'Almohara était en réalité le père de Ginger et que la véritable Prudence n'avait pas fait le voyage dans le temps avec ses amies puisqu'elle était restée à l'abbaye, enfermée dans un placard. Le Diable Vert avait pris son apparence pour pouvoir entrer en Alvénir avec Ginger. Il voulait devenir le président des Mogadors et comptait installer son quartier général à l'abbaye. Il prévoyait de faire immigrer la plupart des Mogadors à Abbey Road, afin de les mettre à l'abri des pouvoirs de la Grande Chouette.

Lorsque Joy et June regagnèrent l'abbaye, elles délivrèrent Prudence et se rendirent à l'hôpital d'Appleton, où avaient été transportés les leurs. Elles y retrouvèrent Margarita et Ginger. Joy aurait voulu annoncer à Ginger qu'elle était la petite-fille du Diable Vert mais June, qui souhaitait protéger Ginger, parvint à l'en dissuader.

Les médecins pensaient qu'une dangereuse épidémie s'était abattue sur l'orphelinat et refusèrent d'expérimenter, sur les malades, le peu d'alchiminott que les orphelines avaient réussi à rapporter de leur voyage, tant qu'ils n'avaient pas pratiqué les tests médicaux nécessaires. Il fallait pourtant bien trouver une façon de sauver toutes ces victimes du Diable Vert, et les orphelines savaient qu'aucun médicament classique n'y parviendrait.

1

Les malades avaient été mis en quarantaine dans une immense salle commune. Le personnel médical n'entrait là que revêtu de longues blouses vert pâle, de chaussons en papier, de masques et de gants. On pouvait cependant observer ce qui se passait au travers des portes vitrées. Je fis un signe à Hope qui regardait dans ma direction mais elle ne sembla pas me reconnaître. Dawson dormait, comme la plupart des autres victimes du Diable Vert. Sœur Ethelred errait entre les lits et les matelas de fortune installés à même le sol. Elle s'approcha de la porte, le visage impassible, les traits tirés. Comme elle avait ôté son voile, je ne l'avais pas immédiatement reconnue. Ses cheveux sombres et courts, ses yeux minuscules et son long museau lui donnaient des airs de vieille taupe. Elle s'arrêta juste devant moi. Une flèche de peur me traversa l'estomac. Pourtant, nous étions séparées par une porte fermée à double tour, pourtant, je n'avais rien à me reprocher, pourtant, je savais qu'elle n'était pas en état de me nuire, mais malgré tout cela une crainte diffuse quoique très présente renaissait dès que je l'apercevais.

Elle tenta d'ouvrir la porte. Elle secouait la poignée en me fixant méchamment.

— Sœur Ethelred ! dis-je, en espérant que la vitre laisserait passer le son de ma voix. Comment vous sentez-vous ?

Ginger et Margarita se tenaient derrière moi. Elles observaient la scène en la commentant :

— Elle a l'air encore plus mauvaise que d'habitude, remarqua Ginger.

— Je ne trouve pas, répondit Margarita. Elle a juste l'air dingue.

— Sœur Ethelred, répétai-je. Vous m'entendez ?

Sœur Ethelred écrasa son visage contre la vitre sans me lâcher du regard. Elle ne cessait de secouer la poignée. Elle m'effrayait.

— Qu'est-ce que vous attendez dans votre aquarium, bande de carpes ? Appelez Dieu, bon sang ! proféra-t-elle soudain d'une voix monocorde.

Ginger et Margarita éclatèrent de rire. Des frissons me traversèrent le corps. Je fis deux pas en arrière. Sœur Ethelred, elle, ne bougeait pas, le museau collé contre le carreau, la bouche déformée par la compression. On apercevait ses longues dents jaunes mal alignées. Jamais je n'avais eu l'occasion de l'observer de la sorte. J'aurais préféré qu'elle nous épargne cette affreuse intimité. Elle exhibait, sans le vouloir, la pilosité de l'intérieur de ses narines et la couperose de ses pommettes.

— Appelez Dieu, vous dis-je ! répéta-t-elle.

Sœur Wilhimina la rejoignit en traînant les pieds. Elle semblait plus affaiblie et plus ramollie que jamais. Elle se colla contre Ethelred. Puis ce fut au tour de sœur Alarice. Les deux femmes ne portaient pas non plus leur voile.

Elles avaient toutes ce même regard inquiétant. Elles ne voyaient pas la réalité. Quelque chose d'autre défilait devant leurs yeux. Elles plaquèrent leurs visages contre la porte, et Margarita s'exclama en riant :

— Les trois grâces ! Je crois que je me souviendrai de cette image toute ma vie.

Nous essayâmes de communiquer avec les sœurs mais elles ignoraient nos tentatives d'échanges. Nous n'existions pas pour elles. Seule sœur Ethelred continuait à nous traiter de poissons. Mais à qui s'adressait-elle vraiment ? Elles finirent par s'allonger dans un coin de la pièce.

— Il faudrait arriver à se faufiler à l'intérieur pour tester l'alchiminott sur quelqu'un, dit Margarita. Dès qu'une infirmière ouvre cette porte, je fonce... On ne peut pas me mettre en prison pour ça.

Prudence et June surgirent alors du bout d'un couloir.

— On a trouvé ça sur un chariot ! On va pouvoir entrer ! déclara June en secouant un trousseau de clefs.

Margarita lui arracha le trousseau des mains et se précipita vers la porte, mais aucune clef ne correspondait à la serrure.

La grosse voix du médecin de garde fit sursauter Margarita. Nous ne l'avions ni vu ni entendu arriver. Il était un peu chauve, très grand, le nez exagérément busqué, les yeux clairs, le visage émacié. Ginger me fit discrètement remarquer ses mains poilues. Elle riait parfois de ce genre de détail.

Le médecin nous rappela que nous étions dans un hôpital, pas dans une cour de récréation.

— On ne joue pas ici ! s'emporta-t-il.

— Je ne jouais pas, dit Margarita avec assurance. Combien de fois devrai-je vous expliquer que nous voudrions essayer l'élixir d'alchiminott sur mes parents ?

— Vous recommencez avec votre potion magique !

Mais, jeune fille, je crois que vous ne réalisez pas que vous courez un risque en entrant dans cette pièce. Qui sait si vos parents et vos amies ne sont pas tous contaminés par un virus très dangereux ?

— Moi je le sais, dit Prudence. J'ai déjà souffert d'une maladie semblable et j'ai été guérie par un remède identique à l'élixir que nous vous proposons. Je sais que c'est possible.

— Effet placebo ! gronda le docteur. Lorsqu'on se persuade qu'un médicament est le bon, on parvient parfois à guérir.

June le supplia d'expérimenter notre élixir.

— On ne joue pas avec la santé des gens ! s'énerva-t-il.

— N'est-ce pas ce que vous êtes en train de faire ? objecta Margarita. Cela fait des heures que vous avez mis tout le monde en observation, alors que personne n'a besoin d'être observé. Nous connaissons la raison de ce malaise général et nous savons comment le guérir. Mais vous, vous vous obstinez à observer.

— Je fais mon travail. Des tests ont été pratiqués… D'ailleurs, je ne vois même pas pourquoi j'aurais à me justifier, répondit le docteur. Retournez dans le hall d'attente. Nous allons nous occuper de vous.

— Occupez-vous des malades, ce sera plus intelligent, lança Ginger.

Le docteur saisit Ginger par l'oreille et la guida vers l'entrée en rétorquant :

— J'appelle ça de l'insolence, jeune fille, et je n'accepte pas l'insolence de la part des enfants.

— Moi je n'accepte pas l'incompétence de la part des médecins, répondit Ginger.

June retint un éclat de rire en plaçant la main devant sa bouche.

— Je me demande d'où elle tient ce sens de la repartie, me glissa Margarita au creux de l'oreille, tandis que nous nous installions de nouveau dans la salle d'attente. Je reconnais que, pour une fille de son âge, elle est épatante.

Le docteur nous annonça que nous allions être prises en charge par une assistante sociale. Elle nous placerait dans des familles en attendant que les sœurs et les parents de Margarita soient rétablis.

— Mais je dois soigner quelqu'un demain soir, protestai-je.

— Soigner quelqu'un ? s'étonna le docteur. Et de quoi souffre ce quelqu'un ?

— De la maladie d'Almour.

Il retint un sourire, me frictionna la tête de son poing sec et dit :

— La maladie d'amour ? Rien que ça ! Ah, vous êtes vraiment des petites rigolotes ! Allez, ne vous en faites pas ! Nous allons bien nous occuper des vôtres, et vous verrez, notre assistante sociale est très compétente.

J'avais rendez-vous avec la Grande Chouette devant le potager de l'abbaye, le lendemain soir au coucher du soleil. Elle m'avait permis de revenir à l'orphelinat mais, en échange, je devais retourner en Alvénir pour tenter de guérir Alonn. Il était donc impensable que nous soyons logées dans des familles d'accueil. Alonn avait besoin de moi et Mauk… Qu'était-il arrivé à Mauk ? Je me sentais responsable de ces garçons. Responsable était sans doute ici synonyme d'amoureuse, mais je refusais de me l'avouer. Je ne pouvais pas être amoureuse de deux garçons à la fois. J'appréhendais le jour où j'allais rencontrer un troisième garçon à mon goût. Ma vie allait-elle ainsi se compliquer de plus en plus ? Je n'étais peut-être pas normalement constituée. Il y avait beaucoup trop de place dans mon cœur.

— Monsieur, vos attentions nous touchent, dit Margarita, mais comme vous le savez, je ne suis pas orpheline. J'habite le château de Sulham avec mes parents. Vous connaissez sans doute ma mère, Lady Bartropp.

— Qui ne connaît pas les Bartropp dans la région ? répondit le docteur en souriant.

— Je pense que je peux recevoir mes amies au château en attendant que tout le monde soit guéri. Nous sommes aidés et bien entourés, chez moi. Nous avons des domestiques.

— Vous verrez cela avec l'assistante sociale, dit l'homme. C'est préférable.

— Mais enfin, nous n'aurions sans doute pas de problème de ce genre à régler si vous consentiez à utiliser notre élixir, remarqua Ginger. Vous êtes vraiment inutilement têtu.

— Et vous, jeune fille, si j'étais votre père, je vous donnerais une bonne fessée. Quelle insolence ! rétorqua le médecin en s'éloignant.

— Heureusement pour moi, mon père ne vous ressemblait pas du tout ! répondit Ginger.

— Où est passé Mauk ? demandai-je, comme si je revenais soudain à ma propre réalité.

Margarita m'assura qu'il était resté à l'abbaye pour m'attendre. Elle le trouvait complètement inconscient et ne comprenait pas comment il comptait regagner son époque avant le lendemain soir. Si Ginger était prise en charge par une famille d'accueil, il n'aurait alors plus aucun moyen d'atteindre Alvénir.

Je me sentis proche de l'évanouissement. Mauk était chez nous ! Mauk m'avait attendue ! Mais pourquoi ne l'avions-nous pas encore rencontré ?

J'étais épuisée par nos aventures, nos courtes nuits et la quantité inhabituelle de problèmes à régler. Dans le fond, j'aurais sans doute aimé être dorlotée dans une famille d'accueil, pouvoir me reposer, ne plus penser au Diable Vert, aux Mogadors, ne plus penser à l'amour. Tout cela m'occupait bien trop l'esprit. Mon cœur battait plus fort depuis que Margarita m'avait parlé de Mauk. Je devais le retrouver.

Ginger déclara que la meilleure façon de se défendre demeurait l'attaque et qu'elle entrerait coûte que coûte dans la pièce où somnolaient nos amis.

Elle se hâta vers le couloir mais une femme arrêta sa course. Elle était boudinée dans une blouse blanche, ouverte sur une jupe droite bordeaux et un chemisier assorti. Ses cheveux courts et gris avaient été grossièrement bouclés à l'aide de bigoudis dont on pouvait deviner la place et la taille.

Mme Losyhiet prit Ginger par la main. Cette dernière se débattit. Elle se sentait si vite prisonnière. Elle ne supportait pas qu'on la tienne, qu'on la contienne, qu'on la contraigne. La femme pria Ginger de retourner s'asseoir à nos côtés.

— Je suis Mme Losyhiet, nous dit-elle. Je vais veiller à ce que vous ne manquiez de rien pendant que nous soignerons les sœurs.

— Et nos amies… et mes parents, ajouta Margarita. Je suis la fille de Lady Bartropp, on a dû vous le dire…

Margarita proposa à nouveau de nous héberger au château. Elle ajouta que nous serions sans doute plus rassurées si nous pouvions rester ensemble.

— Je ne peux pas prendre ce risque, répondit la femme. Si tu le souhaites, je peux par contre demander à tes domestiques de venir te chercher.

Elle expliqua à Ginger qu'elle serait reçue par les Flannagan, qui habitaient une ferme toute proche d'Appleton. Prudence et moi étions attendues chez une veuve dans le village de Moortagh, non loin de l'hôpital. Quant à June, elle avait la chance d'être accueillie par Melle Lane, une institutrice des environs.

— Normalement Margarita aurait dû accompagner Ginger chez les Flannagan mais puisqu'elle préfère rentrer chez elle…

Ginger voulait que je prenne la place de Margarita afin de ne pas être seule chez des inconnus mais Mme Losyhiet estimait qu'il était trop tard pour changer la donne. Le cocher nous attendait devant l'entrée de l'hôpital pour nous conduire chez nos hôtes respectifs.

Ginger soupira bruyamment et leva les yeux au ciel.

Margarita, à bout d'arguments, finit par menacer Mme Losyhiet.

— Je ne sais pas si Lady Bartropp sera très heureuse de vos agissements lorsqu'elle sortira de sa torpeur. C'est elle qui finance l'orphelinat, voyez-vous, et elle tient au confort des orphelines. Je suis certaine qu'elle souhaiterait que mes amies me suivent et logent à mes côtés.

— Vous n'êtes pas dans la tête de votre mère, tout de même, répondit Mme Losyhiet. Laissez donc les personnes responsables prendre des décisions. Ce sera beaucoup plus sûr.

— J'en doute, dit Margarita sèchement.

Nous avions toutes pris beaucoup d'assurance au cours de nos voyages. Nous connaissions désormais la contestation, le refus, l'opposition et nous nous autorisions à répondre sans crainte aux adultes. Nous n'avions rien à perdre à exprimer nos pensées. Bien au contraire. Je regrettai de ne pas avoir eu conscience de cela plus tôt. Mon obéissance, mon acceptation systématique des règles de l'orphelinat, mon humilité et ma timidité passées m'apparaissaient maintenant comme une maladie, une tare dont j'essayais de me débarrasser. Ginger remit son pot d'alchiminott à Margarita.

— Il faut que tu te débrouilles toute seule ! lui dit-elle. Arrange-toi pour sauver tes parents au moins. On s'occupera des autres après.

Margarita tenait les deux pots contre elle. Elle semblait perdue, impuissante. Parfois cela ne suffisait donc pas d'être la fille de Lady Bartropp pour parvenir à modifier le cours des choses. Elle nous accompagna jusqu'à la porte de l'hôpital. Mme Losyhiet veilla à ce que Ginger, Prudence et moi montions bien dans la calèche.

— Ne vous inquiétez pas, les filles, je vais vous sortir de là vite fait ! nous dit Margarita.

Mais je sentais bien au ton de sa voix qu'elle croyait moins que d'ordinaire à sa toute-puissance. Qu'il nous fut alors douloureux de nous sentir encore d'inutiles enfants !

2

Dans la calèche, je voulus annoncer à Ginger qu'elle était la petite-fille du Diable Vert, mais June perçut mon intention dès que je confiai à notre amie que nous avions appris des choses importantes en Alvénir.

— Tu ne vas quand même pas la perturber maintenant, me chuchota June. Tu imagines la nuit qu'elle va passer, toute seule chez ces fermiers… Il ne faut pas lui en rajouter.

— Qu'est-ce que vous mijotez toutes les deux ? s'enquit Prudence.

— On parle de garçons… confia June.

— Ça m'étonnerait de toi, lui répondit Prudence en souriant. Toi tu ne parles jamais de garçons.

— J'ai pas envie d'être toute seule dans cette famille d'accueil, dit Ginger. On ne pourrait pas échanger avec l'une de vous ? Vous êtes plus grandes que moi… C'est plus facile pour vous.

— Je n'ai pas envie d'être toute seule non plus,

avoua Prudence. J'ai encore plus peur du Diable Vert maintenant.

— Bon, d'accord, fis-je. J'irai à la ferme et Ginger pourra rester avec Prudence.

Ginger me tendit la main et la serra énergiquement.

— T'es ma sœur! lança-t-elle.

— C'est pas nouveau! rétorquai-je.

Nous étions éreintées mais, cette fois, aucune de nous ne s'endormit dans la calèche. Nous étions très préoccupées par le sort de nos amies, des sœurs, du père Phildamon et des parents de Margarita. Ils allaient probablement rester à l'hôpital pendant des semaines puisque aucun remède dans notre monde ne pouvait annuler les effets de la poudre d'alchimine. Nous comptions toutes sur Margarita pour sortir le groupe de cette mauvaise passe.

— J'espère qu'elle viendra nous chercher avec Dawson et Aglaé, dit Ginger.

La calèche freina devant une grande longère plantée au milieu d'un champ de céréales.

Un homme m'attendait au croisement de la route et de l'allée qui menait à la ferme. Il m'aida à descendre de la calèche. J'embrassai mes amies avant de les quitter. Quelques larmes me piquèrent les yeux. J'avais peur tout à coup et j'avais l'impression que nous n'allions plus jamais nous revoir. Pourtant, j'avais vécu des moments beaucoup plus inquiétants en Alvénir, mais je m'y étais toujours sentie plus utile, plus vivante. Devant cette ferme sombre, mon sang s'était soudain glacé. Je ne voyais que l'absence et la mort au bout du petit chemin boueux. Je ne pouvais plus aider personne, j'étais condamnée à attendre. J'allais être loin de mes amours… Pourquoi fallait-il accepter tout cela ?

La calèche repartit. L'homme, blond et très costaud, tenait un lampion devant lui pour éclairer nos pas. Il se présenta rapidement et me dit que sa femme avait préparé de la soupe.

J'avais très faim. Je me mis directement à table en rentrant chez les Flannagan. Mme Flannagan était une petite femme boulotte. Elle avait un visage rond, les traits réguliers, les cheveux frisés et bruns tirés en arrière, la peau café au lait plus foncée que celle de Ginger, le nez épaté et un regard noir assez vide, comme peut l'être celui de certains veaux. Elle louchait un peu. Elle écoutait tout ce que disait son mari et hochait la tête en signe d'acquiescement. Elle semblait en admiration devant ce grand bonhomme et s'effaçait totalement en sa présence. Ou peut-être n'avait-elle naturellement aucun charisme, aucune lumière intérieure. Elle me fit de la peine. Tout me parut triste ce soir-là. La soupe n'était pas très bonne. L'homme avait allumé une seule ampoule faiblarde au-dessus de nos têtes, dans la salle à manger. Il faisait ses comptes sur un coin de la table.

— Nous n'irons pas au mariage de ta nièce, annonça-t-il soudain à sa femme.

Je le trouvais curieux de ne pas s'intéresser un minimum à mon histoire, ni à moi. Il s'était juste étonné que je ne sois ni Ginger ni Margarita, puisqu'on lui avait annoncé leur venue. J'avais d'un côté l'impression d'avoir toujours habité là, tant je m'étais rapidement fondue dans le décor, de l'autre le sentiment désagréable d'être une quantité négligeable.

— Mais c'est seulement à cent miles d'ici, répondit Mary-Sue Flannagan, l'air un peu triste.

— On n'a pas assez d'argent. Et puis, là, ils ne nous ont envoyé qu'une seule fille. Ça fait un sacré manque à gagner.

Mme Flannagan se pencha sur le livre de comptes et remarqua :

— Cigarettes, cigarettes, whisky, cigarettes...

— Je ne vais pas, en plus de tout, me priver de mes plaisirs, protesta l'homme.

— Non, bien sûr, Bernie, mais on ne peut pas se

plaindre d'être pauvre quand on a de quoi se payer de tels luxes.

— Heureusement qu'ils vont quand même nous donner un petit quelque chose pour la môme.

— Je suis désolée de vous causer du souci, dis-je alors. Désolée de ne pas être deux.

La femme sourit en découvrant ses gencives. Elle débarrassa mon bol et ma cuillère et me proposa un biscuit de mauvaise qualité. Fade comme elle. Elle en croqua un. Elle semblait habituée au goût médiocre, à la vie terne. Depuis mes visites en Alvénir, depuis que j'étais tombée amoureuse d'Alonn et de Mauk, je me sentais enveloppée de couleurs et d'une lumière d'ailleurs. Mais ici, j'avais peur que tout cela ne s'efface rapidement. Bernie Flannagan refit deux fois ses calculs et finit par refermer son cahier. La pièce du rez-de-chaussée était rustique et assez froide malgré la saison. Je grelottais. Mary-Sue me prêta une chemise de nuit et un gros pull et me conduisit à ma chambre, au premier étage.

— C'est la chambre d'enfants, dit-elle.
— Quels enfants ? demandai-je.
— Ce sera la chambre de notre petit, me confia-t-elle.
— Vous attendez un bébé ?
— Depuis des années... soupira-t-elle.

Elle me souhaita bonne nuit et redescendit retrouver son mari. Bernie Flannagan lui aussi s'écria : « Bonne nuit, Ginger ! » du salon où il était en train de jouer aux échecs contre lui-même, tout en sirotant un whisky.

Je rectifiai en hurlant :

— Joy. Moi, c'est Joy, monsieur.

J'attendis une réponse en m'approchant timidement de l'escalier. Mais rien ne parvint à mes oreilles, hormis le bruit des pas de Mary-Sue Flannagan sur le vieux plancher de bois gris.

Une fois couchée dans mon lit humide et froid, je ne parvins pas à retenir de gros sanglots. Pour la première fois depuis que j'avais vu mes parents en Alvénir, je pouvais penser à autre chose qu'au Diable Vert et à nos voyages divers. Je me sentais si seule tout à coup. J'étais devenue une véritable orpheline. J'avais beau me le répéter, je ne me faisais pas à cette idée. Je ne pleurais plus avec l'espoir que Maman me consolerait un jour. Il fallait que j'apprenne à me consoler seule. Il fallait que je grandisse seule, que je m'endorme chez des inconnus, que je me débrouille en toutes circonstances sans pouvoir compter sur quelqu'un, sans l'idée que mes parents allaient revenir et me protéger de nouveau, même s'ils m'avaient assuré que leur mort ne nous avait pas réellement séparés. Tous les enfants portaient les gènes et l'histoire de leurs parents en eux. Était-ce cela que les miens avaient voulu me dire en me faisant croire qu'ils seraient toujours près de moi ? M'avaient-ils ainsi signifié que l'on ne se coupait jamais de ses racines ? Je devais sans doute me contenter de cette explication pour accepter ma solitude. Chaque enfant portait forcément en lui les gènes de ses parents, mais les gènes ne faisaient pas de câlins, les gènes ne souhaitaient pas les anniversaires, les gènes ne venaient pas chercher leur petit à l'école…

Les murs de ma chambre étaient en bois. Une forte odeur de pin s'en dégageait. Cela me rappela l'année où mon père et moi avions rapporté un immense épicéa du marché de Noël. Nous l'avions tiré par son tronc collant de sève, derrière nous, comme un chariot, et cela jusqu'à la maison. Mes mains et les manches de mon manteau avaient gardé le parfum du conifère plusieurs jours durant. Mary-Sue Flannagan m'avait donné une bougie mais pas d'allumette. Dès que j'aurais soufflé sur la flamme, j'allais me retrouver dans le noir complet parce que les volets et les rideaux étaient clos. Je trouvai cependant un interrupteur à côté de la porte. J'allumai. Je pus ainsi découvrir la teinte orangée des rideaux écossais et le tableau très laid accroché en face de mon lit. Une nature morte, très, très morte, qui représentait un lièvre sanguinolent, deux pintades et quelques fruits colorés. Bernie Flannagan monta bruyamment le petit escalier, entra dans ma chambre et me réprimanda.

— C'est toi qui vas la payer, l'électricité ? Pourquoi crois-tu qu'on t'a donné une bougie, Ginger ?

— Joy, rectifiai-je. Pardon, monsieur, je ne recommencerai pas.

— Les enfants n'ont aucune idée du prix des choses, marmonna l'homme.

— Moi je sais que l'amour, ça n'a pas de prix, dis-je sans réfléchir.

— Ben mince, voilà qu'on nous a envoyé une sentimentale, répondit Bernie Flannagan. Tu n'iras pas bien loin avec des idées pareilles…

— Je n'ai pas envie d'aller loin. Je veux juste être heureuse.

Il leva les yeux au ciel et secoua la tête de droite à gauche pour souligner le caractère utopique de mes propos. Il éteignit ma lampe.

— Bonne nuit, Ginger !

— Joy, répétai-je une dernière fois avant de sombrer dans un sommeil réparateur.

3

Avec la radinerie de Bernie Flannagan, je ne pouvais pas m'attendre à un petit déjeuner trop copieux. J'eus quand même droit à un bol de chocolat chaud, deux tartines et des œufs au bacon. Cela me changeait de la nourriture habituelle à l'orphelinat.

Ce matin encore, Bernie fit quelques comptes. Il était six heures. Je n'avais pas dormi assez longtemps. Je bâillais sans cesse. Mary-Sue Flannagan me tendit un tablier en lin gris et me demanda de les aider à nettoyer la bergerie.

– J'aimerais bien me laver, dis-je.

– Tu te laveras ce soir. Ça ne sert à rien maintenant puisque tu vas te salir de nouveau, déclara Bernie.

– Si on suit votre logique, on ne se lave plus jamais, fis-je remarquer.

Bernie me dit que j'allais changer d'avis quand

je me marierais et que je devrais faire attention à mon budget.

— Déjà, je n'ai pas l'intention de me marier...

— Tu changeras d'avis quand tu rencontreras un beau garçon.

— J'en ai rencontré deux ! répondis-je instantanément.

— Tu aimes deux garçons ! s'exclama Mary-Sue en souriant. Mais c'est impossible !

Son ton était moqueur. Elle me traitait comme une enfant.

— J'ai un grand cœur, avouai-je. Et puis, monsieur Flannagan, vous savez, je crois qu'il est inutile de tout compter et de tout prévoir parce que rien ne se passe jamais comme prévu. Mon père économisait pour s'acheter un appareil photo. Eh bien, il est mort avant d'avoir pu s'offrir son rêve... Alors vous savez, c'est inutile de passer sa vie à calculer, c'est une perte de temps ! Mais enfin, si ça vous rassure.

— Ça le rassure, chuchota Mary-Sue. C'est un homme inquiet.

Bernie Flannagan quitta la table sans dire un mot. Il mit son chapeau, enfila une paire de gants épais et sortit en claquant la porte.

— Il n'est pas facile, remarquai-je.

— C'est un homme, me confia Mary-Sue.

– Vous avez connu beaucoup d'hommes ? demandai-je.

Je m'étonnai d'être devenue si bavarde et si curieuse. Impolie, même. Je n'avais vraiment plus peur des adultes. Peut-être étais-je en train d'en devenir une. L'idée ne me réjouissait guère.

– Je n'ai eu que Bernie dans ma vie mais tous les hommes se valent…

– Quelle drôle d'idée ! m'exclamai-je. Tous les êtres humains sont pourtant si différents…

– Tu es toute jeune, tu as le temps de changer d'avis.

– On a toujours le temps de changer d'avis.

Mary-Sue me tendit une brosse à cheveux et un fichu en Liberty. Elle ouvrit la porte et m'invita à la suivre jusqu'à la bergerie.

Un premier mouton nous accueillit en bêlant à tue-tête. Bientôt cinquante bêtes l'imitèrent. Ils avaient tourné la tête vers la porte, leurs yeux luisaient comme des veilleuses dans la semi-obscurité du bâtiment. J'allai caresser les nouveau-nés, si tendres, si doux, si fragiles. M. Flannagan m'apporta une fourche et me demanda de changer la paille. Je n'avais jamais travaillé dans une ferme. Je n'avais jamais travaillé tout court. J'étais assez gauche et mes bras manquaient de force pour exécuter ce genre de tâches.

Mais rien ne me semblait difficile en comparaison de ce que je venais de vivre en Alvénir.

Au bout de trois heures de travail, je me mis à espérer que Margarita vienne me chercher. Je rêvais du parc du château de Sulham, du lit confortable dans la chambre de mon amie, des bons desserts de la cuisinière. J'avais très peur que ma vie de fermière ne s'éternise.

À midi, Bernie Flannagan avala bruyamment son ragoût en trempant de gros morceaux de pain dans la sauce brune, puis il attrapa son carnet de comptes et se remit au travail.

— Je te le confirme, Mary-Sue, nous n'irons pas au mariage de ta nièce.

Mary-Sue ne réagit pas. Elle semblait terriblement déçue, mais elle avait appris à se taire. Moi j'avais appris à m'exprimer et je ne m'arrêtai plus.

— Vous allez priver votre femme d'un bon moment pour économiser trois sous. Vous n'avez aucun sens de ce qui est bon, dis-je.

— Ginger, tais-toi quand tu es à table ! ordonna Bernie, qui refusait décidément d'enregistrer mon prénom.

Il voulait aussi que je finisse mon assiette. Mes parents ne m'avaient jamais forcée à finir mon assiette et à l'orphelinat je donnais à mes voisines ce que je ne mangeais pas : j'avais l'habitude de n'avaler que ce qui me faisait envie, hormis les jours où j'avais très faim. J'expliquai à Bernie que je ne pouvais pas me forcer, mais que je voulais bien qu'il garde mes restes pour mon dîner du soir. Il se fâcha, affirmant que je n'étais pas encore en âge de décider de ce qui était bon pour moi. Je devais finir mon assiette. J'imagine que ce furent la contrariété et la fatigue accumulées pendant les jours passés qui me firent vomir, sitôt sortie de table. J'avais beau tenir tête à Bernie Flannagan, il m'effrayait un peu, et je ne me sentais pas en sécurité dans cette maison. J'avais tellement envie de retrouver les miens, d'aider Margarita à les sauver, de revoir Mauk, de guérir Alonn, d'empêcher le Diable Vert de revenir à l'abbaye. Je me sentais indispensable mais bloquée dans tous mes élans. Cette ferme devenait une prison.

Heureusement, j'avais eu le temps de me précipiter dans le champ de céréales. Je regardai la route qui croisait le petit chemin et j'envisageai de m'échapper et de rejoindre Margarita à l'hôpital. Mais Mary-Sue sortit avec une serviette mouillée pour me nettoyer le visage.

— Ça va mieux ? me demanda-t-elle.
— Je suis un peu perdue ici. Je viens de vivre des

expériences déroutantes. Je voudrais retrouver mes amies, dis-je.

Mary-Sue Flannagan me prit tendrement par la main et me conseilla de faire une sieste. Comme elle aurait aimé être mère ! Je sentais tant de regrets dans ce geste. Elle me prépara une tisane et s'assit quelques minutes sur le bord de mon lit.

— Si nous avions une fille, nous l'appellerions Edna.

— Et si vous aviez un garçon ? demandai-je.

— Bernie, comme son père. Je n'aurais pas le choix.

— Vous n'avez pas souvent le choix.

— Repose-toi, répondit-elle en baissant les yeux. Si tu as besoin de moi, je suis dans le potager.

J'acceptai de me laisser ainsi dorloter pour pouvoir m'échapper plus facilement dès qu'ils m'auraient laissée seule. Ainsi avais-je prévu de filer en douce, un peu plus tard, tandis que les deux fermiers nourriraient les animaux. Cependant, pour une raison que j'ignorais — était-ce pour me tenir prisonnière, était-ce pour m'éviter d'être dérangée par d'éventuels visiteurs ? —, Bernie Flannagan était revenu fermer la porte d'entrée à clef, et je ne pouvais plus sortir de la maison. Je m'ennuyais dans ma petite chambre. J'observais les nœuds du bois et les dessins qu'ils formaient sur les poutres. Des visages, des arbres, des monstres. Par la fenêtre, on ne voyait que des champs plats et dorés. Lorsque les soleils descendirent dans le ciel, je pensai à la Grande Chouette qui allait m'attendre et à Mauk qui risquait de rester dans notre monde s'il ne rentrait pas chez lui avant la nuit. Au fond de moi, je rêvais malgré tout qu'il ne reparte jamais. Je me résolus à descendre et à ouvrir la fenêtre du salon pour m'enfuir. Depuis mon évasion du Palais d'Alvénir, ma cheville était restée douloureuse. Quatre marches permettaient l'accès au jardin. Le rez-de-chaussée et ses fenêtres étaient donc également surélevés. J'avais peur de me blesser de nouveau en sautant d'aussi haut. Or je devais être capable de marcher jusqu'à Appleton. Là, j'avais prévu d'aller trouver la mercière, Miss Fallinton, une ancienne amie de Maman. Elle m'aiderait sûrement à retourner à l'orphelinat.

Bernie Flannagan ouvrit la porte au moment où j'allais sauter.

– Alors, Ginger, tu prends l'air? Si tu te sens mieux, il y a du boulot pour toi à la bergerie.

– Vous le faites exprès?

– D'quoi, ma p'tite Ginger?

– De m'appeler Ginger?

– Tu te moques de mon accent? Je viens du Nord, tu sais. Je n'y peux rien.

— Joy. C'est Joy, mon prénom. Je sais que ça n'a pas beaucoup d'importance parce qu'on ne va pas passer notre vie ensemble, mais je vous le répète quand même.

— Pourquoi tu ne me l'as pas dit avant ? Ah ! les filles de ton âge sont toujours un peu bizarres...

Il sortit des pièces de sa poche, ouvrit une boîte en fer et les plaça à l'intérieur en les comptant. Puis il inscrivit le montant dans son carnet.

— Douze œufs à Mme Leighton, dit-il tout haut, tandis qu'il continuait à écrire.

Bernie posa la main sur mon épaule et me poussa vers la bergerie. Il me demanda de remplir les abreuvoirs d'eau. Les soleils allaient bientôt toucher l'horizon. Je frémis à l'idée de la sanction qu'allait m'imposer la Grande Chouette si je ne me présentais pas à son rendez-vous. Mais dès que le dernier rayon roux eut frôlé la pointe des épis blonds, ma peur s'amplifia bien davantage. En effet, dans la bergerie, l'air devint glacé, de la brume se forma au-dessus des moutons. Elle apparut.

— Tu me donnes trop de travail ! déclara la Grande Chouette. Je t'avais dit « à l'entrée du bois », et regarde où je te retrouve !

— Je n'y peux rien, je vous assure.

À cet instant, Mary-Sue entra dans la bergerie.

Elle n'en croyait pas ses yeux. Tous ces papillons verts et cette femme si bien habillée au milieu de ses bêtes. Elle ne trouva qu'une chose à dire :

– Bonjour madame. Vous voulez peut-être des œufs ou du lait ?

– Je suis venue chercher Joy, répondit la Grande Chouette.

– Déjà ! regretta Mary-Sue Flannagan. C'était une visite éclair...

Je sentais bien qu'elle craignait la colère de Bernie qui se plaindrait forcément du peu d'argent que je leur avais rapporté.

– Remarquez, c'est sans doute mieux pour elle qu'elle retourne à l'orphelinat. Vous pourrez le dire aux sœurs que nous en avons été très satisfaits.

Elle parlait de moi comme si on leur avait loué une machine agricole ou les services d'une femme de ménage.

La Grande Chouette annonça qu'elle n'avait pas de temps à perdre. Je rendis le tablier en lin à Mary-Sue. L'écharpe tricotée par ma mère n'avait pas quitté mon cou depuis qu'elle me l'avait offerte.

– Je dois passer par l'orphelinat pour prendre Mauk au passage.

– Pas de détour ! déclara la Grande Chouette.

Bernie entra à son tour. Il bougonna.

— 'soir madame ! Vous venez pour la p'tite ?
— Précisément, répondit la grande dame.

Elle me serra contre elle, et nous fûmes alors transportées à l'entrée du Palais d'Alvénir.

J'imaginais la tête qu'avaient dû faire Bernie et Mary-Sue au moment où nous nous étions évaporées. Je finissais par m'habituer à ces voyages d'un monde à l'autre. Ils ne m'étonnaient désormais pas plus qu'un parcours en calèche.

— J'aurais quand même voulu récupérer Mauk en passant, insistai-je. Il doit m'attendre à l'orphelinat, le pauvre ! Si je ne vais pas le chercher, il ne pourra pas repartir chez lui.

— C'est un Mogador, n'est-ce pas ?
— Oui, et même un très gentil Mogador.
— Ça n'existe pas ! Les Mogadors pur-sang ne sont pas des êtres recommandables. Occupe-toi d'Alonn, tu as déjà bien assez à faire avec lui !

Je n'avais aucune idée de ce que je pouvais faire pour guérir Alonn de sa maladie d'Almour. La Grande Chouette non plus. Elle prétendit que j'avais « déclenché ce désordre affectif et qu'il fallait donc que je le répare ». Mais comment voulait-elle que je convainque Alonn de ne plus m'aimer ? Plus elle nous forçait à nous rapprocher, plus elle mettait nos sentiments à l'épreuve. Ah ! comme j'aurais aimé qu'Alonn n'eût pas les yeux violets ! Cependant, je ne me serais certainement pas autant intéressée à lui s'il avait été un garçon « normal » d'Alvénir. J'avais choisi malgré moi deux amours impossibles. Alonn qui réagissait à l'amour comme s'il avait avalé un poison, et Mauk qui vivait à une autre époque.

La Grande Chouette me conduisit aux appartements des Almours.

— Quand me relâcherez-vous ? demandai-je.

— Quand tu auras fait ce que tu dois faire, répondit-elle. En attendant, je file m'occuper du Diable Vert. Il fait courir le bruit qu'il va prendre la tête du peuple mogador et qu'ils vont de nouveau se révolter. Mais je ne parviens toujours pas à retrouver cette fille dont il a pris l'apparence.

— Si Alonn ne guérit pas, je reste votre prisonnière alors ?

— Tu lis dans mes pensées ! dit-elle, et elle s'évapora, comme d'habitude…

4

Je frappai à la porte de la chambre d'Alonn. Il vint m'ouvrir. Son sourire était plus triste et plus beau que jamais. Il me serra dans ses bras, longuement. Je l'aimais à nouveau. J'étais si proche de lui, si semblable. J'avais l'impression de le connaître depuis des siècles. Il était certainement ce qui me manquait. Alvénir venait de me faire son véritable cadeau. J'aimais sa douceur, son odeur, sa carrure, ses cheveux et sa façon de respirer si profonde et qui exprimait son soulagement, son bonheur de me retrouver. Jamais depuis la disparition de mes parents — maintenant d'ailleurs je pouvais dire « la mort de mes parents » — jamais je ne m'étais sentie si attendue, si aimée, si nécessaire à quelqu'un. En fait, l'amour, c'était peut-être ça aussi. Se sentir aimé, indispensable.

— Je savais que tu reviendrais, dit Alonn.

— Je n'ai pas eu vraiment le choix, répondis-je en souriant.

Mais il ne pouvait pas voir mon sourire. Il continuait à me serrer dans ses bras. Il se fichait bien de ce que je pouvais lui répondre. Seule ma présence lui importait. Il fallait qu'il me sente près de lui, comme les enfants qui ont peur du noir et qui veulent qu'on leur tienne la main. J'avais si souvent rêvé qu'on me tienne la main les soirs où la lune n'éclairait pas le dortoir de l'orphelinat. Était-ce que dans l'amour se cachait aussi l'effacement de nos angoisses d'enfant, de nos angoisses tout court ? En tout cas, lorsque j'étais contre Alonn, je ne craignais plus rien, moi non plus. Je me fichais de ce qui pouvait arriver. J'étais soudain anesthésiée, je ne sentais plus les misères du monde, les malheurs, les dangers.

Contre Mauk, dans la montgolfière, la sensation avait été semblable, assortie d'une envie d'éterniser l'instant. Mais ici, un plaisir en chassait un autre.

– Comment te sens-tu ? demandai-je.
– Plus faible de jour en jour. Mais maintenant que tu es là, ça va aller.
– Je ne peux pas habiter ici toute ma vie, annonçai-je gentiment.
– Qu'est-ce qui t'en empêche ?
– Tu ne dois plus m'aimer. Tu dois être de nouveau un parfait Almour, faire ton travail comme il

le faut. Rester disponible pour les autres, aider les gens en détresse… Je suis ici pour que tu ne m'aimes plus. C'est un peu contradictoire, il me semble… mais la Grande Chouette veut que je t'aide à guérir. Pour ça, tu ne dois plus penser à moi.

— Je pense à toi parce que tu penses à moi. Je peux lire tes pensées uniquement parce que tu m'aimes.

À l'entendre, j'étais responsable de tout ce qui lui arrivait. La situation me paraissait inextricable. Après m'être sentie emprisonnée dans la ferme des Flannagan, l'incarcération se poursuivait ici. La frustration aussi, l'impossibilité de faire autre chose, l'obligation d'attendre qu'un événement extérieur vienne modifier la situation. Pourtant, aux côtés d'Alonn, tout cela ne me dérangeait plus de la même façon. Je me sentais capable d'accepter bien pire encore, du moment que je restais près de lui. La raison me poussait malgré tout à mettre fin à cette relation qui ne menait à rien.

Alonn, qui m'entendait penser, me dit que l'amour existait comme un instant et non comme un projet, qu'il fallait juste apprécier ce qui nous unissait et ne pas penser à la suite.

— Parce que de toute façon on ne sait jamais ce que demain nous réserve, ajouta-t-il.

– Mais qu'est-ce que je vais faire ici à longueur de journée ?

Alonn sourit. Encore ce merveilleux sourire.

– Je vais te faire découvrir Alvénir.

– Le territoire d'Alvénir est illimité puisqu'on peut aller dans des lieux qui n'existent que pour nous, puisque le pays se dessine en fonction de nos besoins…

– Notre amour aussi est illimité, répondit-il.

Je sentais qu'il reprenait des forces. La simple idée de m'avoir à ses côtés le soignait plus rapidement que n'importe quel remède.

– J'ai l'impression que ta maladie d'Almour est une maladie juste dans ta tête, dis-je. La Grande Chouette ne se rend pas compte que tu es le seul à pouvoir te guérir.

– Ce n'est pas simplement dans ma tête. Tout mon corps souffre.

– C'est une expression, précisai-je. Je voulais dire qu'aucun microbe, aucun virus ne te rend malade. Ce sont juste tes sentiments qui t'affaiblissent, n'est-ce pas ?

– Et alors ? Ce qui rend malade, rend malade… peu importe qu'il s'agisse de sentiments ou de microbes !

J'étais partagée entre une sensation de bien-être

et de plénitude enivrante et des bouffées de panique qui me poussaient à ne pas m'attarder là. Mais où me serais-je attardée alors ? Je ne pouvais pas sortir d'Alvénir sans l'aide de Ginger ou de la Grande Chouette. Non seulement la chambre d'Alonn était devenue une geôle, mais le pays entier me tenait prisonnière. D'ailleurs Alonn l'avait bien deviné.

— À mon avis, partout où tu iras, tu te sentiras enfermée.
— Sûrement pas ! me révoltai-je.
Je supportais difficilement que l'on sache mieux que moi ce qui se passait dans ma tête.
— Où serais-tu heureuse alors ? demanda Alonn d'une voix très douce.
— À l'orphelinat je me sentirais libre ! rétorquai-je sans hésiter.

Je réalisai immédiatement l'absurdité de ma réponse. Peut-être Alonn avait-il raison. Peut-être devais-je vivre l'instant sans plus me poser de questions puisque, en fait, je ne me sentais bien nulle part. Mon bien-être se cachait dans le souvenir de ma vie de jeune enfant lorsque mes parents étaient encore en vie, lorsque nous formions une famille, lorsque l'attention et la protection qu'ils m'apportaient me tenaient à l'écart de toute préoccupation, lorsque je ne m'étais encore jamais posé de questions sur ma liberté tant elle me semblait naturelle.

— Veux-tu dîner ? me demanda Alonn.

Et de nouveau, je fus invitée à la grande table des Almours. Ils étaient tous accueillants, souriants, prévenants, parfaitement Almours, en fait.

— Alors, vous revoilà ! remarqua celui qui présidait l'immense table. Vous travaillez au Palais ?

— Pas vraiment, bafouillai-je.

— Que revenez-vous faire chez nous ? Et d'ailleurs qu'étiez-vous venue faire ?

— Me soigner ! répondit Alonn.

Une quarantaine de paires d'yeux violets se braquèrent sur moi. Je trouvais cela fort dérangeant, inquiétant même.

— C'est toujours bien d'être utile, n'est-ce pas ? remarqua Albas, que j'avais déjà rencontré devant le Palais lors d'un autre voyage.

Finalement je devenais une habituée des lieux.

— Oui, mais, pendant ce temps, je pourrais aussi être utile à mes amis. Ils sont en quarantaine dans un hôpital.

Je leur racontai mes aventures et l'impossibilité de tester l'alchiminott sur les malades puisque nous avions toutes été placées dans des familles d'accueil.

— Malheureusement, nous ne pouvons aider les

autres qu'en Alvénir. Nous sommes limités dans nos actions, déclara un vieil Almour. La dernière fois que nous nous sommes vus, vous nous aviez parlé de liberté. Je vous l'avais dit : « Personne n'est jamais vraiment libre. » Peut-être me croyez-vous un peu plus aujourd'hui ?

— Je n'ai jamais dit le contraire. Je vous avais juste affirmé que vous n'étiez pas plus libres que moi. Quand j'étais petite, je me sentais libre, complètement libre. Plus maintenant.

— Maintenant vous avez des responsabilités, sourit l'homme.

Une femme apporta un énorme gâteau rose sur la table.

— On fête la journée rose ! annonça-t-elle.

— Un anniversaire ? Une fête nationale ? demandai-je.

— Non, non, une lubie du cuisinier. Il invente des événements parce qu'il trouve qu'on ne lui donne pas assez de raisons de faire des gâteaux, expliqua la femme.

Elle nous apprit ensuite que les gardes à l'entrée venaient d'arrêter le Diable Vert, qui avait pris les traits d'une jeune orpheline.

— Prudence ! m'exclamai-je.

— Elle a été arrêtée près de la source sacrée,

poursuivit la femme. Il paraît que l'on vient d'éviter une nouvelle révolte des Mogadors...

— C'est moi qui ai donné l'information à la Grande Chouette, annonçai-je fièrement. Je savais que le Diable avait pris l'apparence de mon amie.

— C'est donc grâce à toi que l'on va continuer à vivre tranquillement, remarqua Alonn. Tu vois que tu es très utile chez nous aussi.

Alonn m'installa dans la chambre que j'avais déjà occupée avec June. Il me dit que les draps n'avaient pas été changés parce qu'il savait que je reviendrais. J'eus beaucoup de mal à me déshabiller avant de me mettre au lit. Sans June, je ne me sentais pas en sécurité. Et puis je me posais de nombreuses questions pratiques : comment allais-je me changer si je restais là plusieurs jours ? Qui me prêterait une chemise de nuit ? Avec quelle brosse à cheveux pourrais-je me coiffer ? Comment pouvais-je envisager une nuit de plus sans Smile, mon ours en peluche ?

Je finis par me glisser sous la couette. Je repensai à June qui avait rêvé de s'endormir dans l'un de ces lits douillets. J'avais un peu peur d'éteindre la lumière. Alonn m'avait souhaité bonne nuit en me serrant encore contre lui. Il m'avait remerciée à plusieurs reprises de lui redonner des forces. Mais, en me couchant, je me demandai soudain s'il n'était pas, en fait, un peu comme le Diable Vert. N'avait-il pas simplement besoin de mon énergie pour survivre ? En effet, je me sentais un peu plus faible à chaque fois qu'il se collait contre moi. Peut-être étais-je juste fatiguée, peut-être un peu trop émue… Un Almour était incapable de blesser quelqu'un, pensai-je pour me rassurer. Mais Alonn m'avait déjà fait tant de mal en me quittant d'une manière méprisante et égoïste que je peinais tout de même à croire qu'il était simplement une malheureuse victime de l'amour.

J'éteignis la lumière mais je laissai les rideaux ouverts. Alvénir traversait encore sa saison sans nuit véritable, et cela m'arrangeait bien. J'étais épuisée. J'avais du mal à revivre les jours passés dans l'ordre chronologique, du mal à me souvenir de tout ce qui m'était arrivé. J'avais l'impression d'avoir vécu une année alors que trois jours seulement s'étaient écoulés.

Je venais de m'assoupir lorsque j'entendis frapper. Je n'eus pas le temps de me lever pour ouvrir, la porte s'entrebâillait déjà sur une silhouette.

– Ahhh ! hurlai-je. Prudence ! Va-t'en ! Je sais que ce n'est pas toi !

5

— C'est moi. C'est moi, Prudence, je t'assure ! dit la jeune fille qui restait à l'entrée de la chambre. Je viens de m'échapper de leur cachot.

Je me tenais le plus loin possible d'elle, près de la fenêtre que je venais d'entrouvrir. J'envisageai de m'enfuir. J'avais envie de hurler pour qu'Alonn accoure à mon secours, mais je me souvins que je pouvais le joindre par télépathie. Ce serait plus discret. J'avais très peur des sorts du Diable Vert et je ne savais pas comment me comporter en attendant l'arrivée de l'Almour.

— Ginger est venue avec moi. Mauk aussi, dit la fille. Nous l'avons retrouvé à l'orphelinat. On n'est même pas sûrs qu'il va pouvoir rentrer chez lui. Je me suis fait attraper par les gardes devant la source sacrée. Ils m'ont prise pour le Diable Vert, ces imbéciles.

– Prouve-moi que tu n'es pas Volem*, lui dis-je.

Prudence me montra les traces laissées par les cordes sur ses poignets et ses chevilles.

– Ça te va comme ça ? fit-elle en soulevant un à un les sparadraps que June lui avait mis lorsque nous étions encore dans l'hôpital.

– Je crois que ce n'est pas assez, dis-je. Excuse-moi, mais j'ai appris à ne plus avoir confiance en personne. Comment s'appelle mon ours en peluche ?

– Smile !

Alonn entra à cet instant. Il avait l'air plus épuisé que jamais. J'avais dû le réveiller. J'aimais ses cheveux bruns ébouriffés et la douceur de son regard. J'avais envie de courir me blottir contre lui mais je me dis que je n'allais pas faciliter sa guérison si j'agissais de la sorte dès que nous nous retrouvions. Pourquoi l'amour nous forçait-il à de pareils agissements ? Pourquoi ce qui était censé nous rendre heureux devenait parfois douloureux et compliqué ? Pourquoi m'intéressais-je ainsi à cet être étrange et égoïste, dépourvu de sentiments semblables aux nôtres, à ce garçon si différent de moi qui vivait dans un monde sans heures et sans géographie prédéterminée ? Comment pouvais-je aimer quelqu'un qui ne possédait

---

* Dans le passé, le Diable Vert s'appelait Volem Ratamazaz.

pas la faculté de transgresser une loi ou un ordre ? N'aurait-il pas été considéré comme un faible s'il avait vécu parmi nous ?

— Tu as besoin d'aide, Joy ? demanda-t-il de sa belle voix calme et veloutée.

Je ne me posais plus de questions. Je l'aimais et ce que je trouvais pour me prouver le contraire me semblait bien trop léger pour faire pencher mon cœur de l'autre côté.

— J'ai eu peur que Prudence ne soit le Diable Vert, dis-je.

— Enchanté, dit mon prince charmant en se tournant vers mon amie. Je suis Alonn, l'Almour. Bienvenue au Palais !

Si en tête à tête ses défauts, son côté rustre, sa lâcheté ressortaient parfois comme sa véritable nature, dans ses relations sociales Alonn était vraiment né et éduqué pour s'occuper des autres, d'une façon efficace mais détachée affectivement. On lui avait appris une certaine politesse. Pas la politesse du cœur puisque son cœur n'avait, jusqu'à sa maladie, jamais battu pour quelqu'un d'autre que pour lui, mais une politesse automatique de petit chien bien dressé. Et voilà, je recommençais à le critiquer alors que je rêvais d'être dans ses bras, maintenant.

— June m'a tout expliqué, dit Prudence. Je suis au courant pour vous deux. Seulement il ne faut pas que tu restes ici. On a besoin de toi à l'orphelinat. Margarita a réussi à venir nous chercher en calèche dans nos familles d'accueil. C'est Wesley, le cocher qui l'accompagnait. Les domestiques de Sulham vont s'occuper de nous maintenant, mais on n'a toujours pas sauvé Hope ni les autres… Margarita est retournée à l'hôpital avec June. Elles vont essayer de rentrer dans la salle commune avec l'alchiminott.

— Je ne vois pas en quoi Joy pourra vous être utile ! demanda Alonn.

— Nous n'avons pas de parents. Nous avons toutes besoin les unes des autres, déclara Prudence.

— Et moi j'ai besoin de Joy pour guérir.

— Ta guérison pourrait durer toute ta vie, dit Prudence. Parce que ta maladie, c'est juste l'amour. En général, les gens normaux n'en souffrent pas, mais toi tu n'es pas fait comme tout le monde, semble-t-il. En fait, si tu étais malade toute ta vie, ce serait peut-être bien pour toi. C'est beau de rester amoureux pour l'éternité.

— C'est affreux ! s'exclama Alonn. J'en mourrais.

— Tu préférerais ne plus aimer Joy alors ?

— Je préférerais l'aimer différemment. Je n'en peux plus de me sentir si faible.

– Mais tu es un enfant gâté, Alonn ! On ne choisit pas ses sentiments comme sa chemise le matin !

Prudence avait retrouvé son énergie et son franc-parler. Je n'avais plus aucun doute. Il ne pouvait pas s'agir de l'étrange fille avec laquelle nous avions voyagé dans le temps.

– Si tu ne peux pas te passer de Joy, tu n'as qu'à venir avec nous, lança Prudence.

– Je n'ai pas le droit.

Prudence lui fit remarquer que l'amour était supposé donner des ailes et autoriser des choses interdites. Elle ne savait pas encore que les habitants d'Alvénir ignoraient la désobéissance.

Nous ne pûmes terminer cette conversation ni convaincre Alonn de réfléchir à son éventuelle émancipation. Des cris retentirent dans le parc autour du Palais. Des fenêtres du couloir on pouvait voir des gens qui progressaient dans l'allée en brandissant de grosses torches. Les Almours sortirent les uns après les autres de leurs chambres et, pour la première fois, je devinai une sorte d'inquiétude dans leurs regards. Il était si difficile de mettre des noms sur ce qu'ils ressentaient.

– Des Mogadors ! s'exclama Alonn.

– Comment le sais-tu ? demanda Prudence.

– Aucun habitant d'Alvénir n'agirait de la sorte.

— Prudence ! hurlai-je. Regarde qui est à la tête du groupe.

— Quel cauchemar ! dit seulement Prudence.

— On dirait le reflet de Prudence, s'écria l'un des Almours.

— Ce n'est pas son reflet, c'est le Diable Vert ! précisa Alonn. Il n'a pas abandonné sa révolte…

Nous pensions que le Diable voulait s'entretenir avec la Grande Chouette et qu'il s'était fait accompagner pour paraître plus crédible et plus effrayant. En fait, il n'engagea aucune discussion. Il mit sans attendre le feu au Palais. Certains des hommes présents déversaient des bidons de combustible pour faire prendre l'incendie.

— Ce n'est qu'un début ! cria la fausse Prudence. Nous voulons l'égalité entre nos peuples et nous voulons notre indépendance.

Nous n'étions pas en mesure de voir ce qu'il se passait devant la porte, mais nous entendîmes un gros raffut.

— Pourquoi la Grande Chouette n'utilise-t-elle pas la magie pour se débarrasser de ce groupe ? demandai-je.

— Parce que le Diable Vert essaierait de faire bien pire, dit Alonn. La Grande Chouette est une pacifiste.

Il ne fut rapidement plus question d'observer quoi

que ce soit. Les Mogadors étaient entrés en force dans le Palais, et le feu avait pris aux quatre coins du bâtiment. La fumée très blanche avançait vers nous comme un mur de coton. Derrière, on distinguait à peine des silhouettes qui s'agitaient. Les Almours finirent par sortir par les fenêtres des chambres du rez-de-chaussée, afin de se mettre à l'abri. Mais bien vite les révolutionnaires poursuivirent leur progression et leur intimidation en avançant vers les grands arbres sous lesquels nous nous étions réfugiés.

La fausse Prudence s'approcha de nous d'un pas décidé.

— Tiens, tu as réussi à t'échapper du placard à balais, remarqua-t-elle en toisant Prudence. Eh bien, ce n'est pas la meilleure chose que tu aies faite !

Il sortit de sa poche une poignée d'alchimine et en souffla sur Prudence.

— Récidiviste ! rétorqua Prudence. Vous oubliez que cette poudre ne peut pas fonctionner sur moi. Vous aviez déjà essayé à l'orphelinat avant de m'enfermer dans un placard. Je vous rappelle que j'ai été guérie de vos blessures avec de l'eau sacrée. J'imagine que cela m'a protégée de vos mauvais sorts.

Le Diable Vert grogna et me serra le bras.

— Et toi ? Hein ? Tu n'es à l'abri de rien, n'est-ce pas ?

— Tu ne peux rien contre elle, je la protège ! dit Alonn d'une voix affaiblie.

La fausse Prudence renversa Alonn dans l'herbe en le poussant à peine. Le pauvre garçon ne tenait plus debout, et je doutais de plus en plus que ses sentiments fussent la seule cause de cette terrible asthénie.

Je voulus aider Alonn à se remettre debout mais la mauvaise Prudence m'en empêcha en m'attrapant par l'épaule.

— Toi tu viens avec moi. Tu vas nous servir à convaincre ta copine Ginger.

— Je l'accompagne ! déclara Prudence.

Alonn tenta encore de me protéger mais se retrouva de nouveau assis dans l'herbe. Quelques Almours accoururent immédiatement pour le secourir, tandis que la fausse Prudence m'obligeait à marcher à ses côtés en me menaçant de me recouvrir d'alchimine si je refusais d'obtempérer. J'avançai donc, encadrée par deux Prudence : Prudence-le-mal et Prudence-le-bien. Elles avaient beau porter les mêmes vêtements, je n'éprouvais aucune difficulté à les reconnaître. L'animosité modifie si aisément un visage. Mon sang se glaça à l'idée que j'aurais pu me tromper. Le souvenir de Volem Ratamazaz, lors de mon voyage dans le passé, me conduisait à penser malgré tout que le Diable Vert n'était certainement pas totalement mauvais. D'une part, il avait souffert de sa rupture avec Altenhata, d'autre part, sa colère l'avait poussé à parler au nom d'un peuple opprimé, et je ne pouvais pas lui en vouloir de protéger des êtres sympathiques tels que Mauk. Il était devenu l'incarnation du mal malgré lui. J'aurais tant voulu qu'il comprenne qu'il pouvait encore faire preuve de gentillesse et de bonté. Que mijotait-il maintenant ? Où nous emmenait-il ?

Derrière nous, le feu avait pris sur toutes les parties boisées du Palais. Les Almours, excepté Alonn, s'étaient dispersés aux quatre coins extérieurs du bâtiment et faisaient circuler des seaux d'eau. Des femmes fuyaient par les fenêtres du rez-de-chaussée de l'autre aile. Le Palais ressemblait à une fourmilière dans laquelle on aurait donné un coup de pied.

– Joy ! Promets-moi que tu reviendras ! me dit Alonn par télépathie.

– Je ne peux rien promettre. Je ne sais même pas où le Diable m'emmène.

Jamais personne n'avait eu autant besoin de moi qu'Alonn. Je ne comprenais pas ce qui me rendait si importante à ses yeux. Je ne comprenais pas ce qu'il appréciait à ce point chez moi.

– Ta liberté ! me répondit-il par télépathie. Tu vas, tu viens d'un monde à l'autre, tu explores, tu refuses, tu décides, tu ne réponds aux ordres de personne... Je crois que tu m'as fait découvrir que tout cela était possible. Tu m'as ouvert l'esprit.

— Ce n'est pas de la liberté. Je ne serais pas obligée de suivre le Diable Vert si j'étais vraiment libre. C'est juste que je ne dépends plus de personne pour l'instant. Parfois, j'aimerais bien pourtant.

Je quittai le parc du Palais en réalisant que la maladie d'Almour était sans doute pour Alonn plus une prise de conscience douloureuse de son statut d'Almour qu'une véritable attaque de sentiments.

6

Le chemin me parut interminable. Chaque pas à côté du Diable Vert m'angoissait un peu plus. Il nous conduisit vers Extrême Frontière, jusqu'à la demeure d'Alilam, ce qui ne me surprit guère. Les deux méchants hommes étaient faits pour s'entendre. Je croisai les doigts pour qu'Aljar vienne à notre secours. Il ne lui serait pas difficile de nous libérer de sa propre maison. Nous retrouvâmes Ginger et Mauk dans le salon. Ils plaisantaient ensemble. Ginger sursauta en apercevant les deux Prudence.

— Un reflet ou un Diable Vert ? demanda-t-elle, sans paniquer.

— Un reflet, bien sûr, dit Volem en ponctuant sa phrase d'un rire glaçant.

Je me précipitai vers Mauk.

— Tu ne rentres pas dans le passé ? lui demandai-je avec inquiétude.

Je ne sais pas si je m'inquiétais alors pour son avenir dans le passé ou pour notre avenir à tous les deux. Bien sûr, j'aurais préféré qu'il reste avec moi, mais la situation me semblait faussée. Il ne pouvait pas quitter notre époque parce qu'il avait été fait prisonnier par le Diable Vert. Il aurait sans doute repris le chemin du passé s'il avait été libre de choisir sa destination.

Mauk me sourit. Il ne paraissait pas inquiet. Il affichait toujours cette allure tranquille, cet air détaché, ce regard curieux et enjoué qui disait au monde entier que la vie valait le coup, que chaque minute était une surprise divertissante.

— On est un peu coincés, on dirait. Je vais avoir du mal à retrouver les montgolfières avant demain matin, m'expliqua-t-il.

— Tu ne vas plus jamais rentrer chez toi ? m'étonnai-je.

Le Diable-Prudence nous observait en souriant légèrement. Il-elle (cet hermaphrodisme me perturbait) jubilait à l'idée de perturber ainsi la vie de Mauk.

— Et maintenant que tout le monde est là, qu'est-ce que vous comptez faire ? demanda Ginger à Volem, l'air agacée.

— Je compte m'installer chez vous, répondit-il. Mais cette fois-ci je n'habiterai pas dans les caves ni dans la maison du jardinier. Je ne vivrai plus reclus ou déguisé. Vous nettoierez et vous ferez briller de nouveau ma statue à l'entrée du manoir. Vous avez trop vite oublié qu'il y a peu de temps encore votre orphelinat s'appelait «The Green Devil's Manor». Vous avez trop vite oublié que je n'avais pas l'intention de partir d'ici. Je vais donc simplement prendre mes fonctions de président des Mogadors dans les bureaux de l'abbaye. Là-bas, la Grande Chouette ne pourra rien contre moi. D'ailleurs, je compte faire immigrer mon peuple vers votre belle région. Votre orphelinat sera une maison d'accueil pour les Mogadors, en attendant qu'ils arrivent à s'intégrer dans votre monde.

— Et nous, où habiterons-nous ? demanda immédiatement Ginger. Votre projet est complètement dément ! Pire qu'un caprice d'enfant.

— Toi, Ginger, tu vivras à mes côtés. J'ai besoin de toi pour faire passer les Mogadors d'un monde à l'autre. Tu es un précieux sésame ! dit-il en se frottant les mains.

— Mais je n'ai pas l'intention de vous aider ! Je n'ai rien à voir avec vous et vos projets de fou ! Vous me dégoûtez ! hurla Ginger.

En se penchant sur moi, la vraie Prudence murmura :

— Visiblement, elle ne sait toujours pas. Il faudrait peut-être lui dire…

— Ce n'est pas le moment ! protestai-je en tamisant ma voix.

Il m'était maintenant difficile d'avouer à Ginger qu'elle était la petite-fille du Diable Vert. June m'avait tant mise en garde sur la peine que nous risquions d'infliger à Ginger que je ne parvenais pas à me lancer dans une telle déclaration.

Prudence n'attendit pas mon feu vert et n'en fit qu'à sa tête.

— Si, Ginger, tu as beaucoup à voir avec Volem ! Tu es sa petite-fille. Ton père était Almohara, l'enfant que la Grande Chouette avait envoyé dans l'avenir.

— N'importe quoi ! répondit Ginger en croisant les bras. Vraiment, n'importe quoi.

— Mais enfin ! Vous portez le même nom, tu as du sang sacré, tu passes d'un monde à l'autre sans problème… Tout ça ne te suffit-il pas ? Pourquoi refuses-tu d'admettre la vérité ?

— Je suis libre de penser ce qui m'arrange. Et ce que tu me dis ne m'arrange pas. Personne ne voudrait d'un pareil grand-père, protesta Ginger.

Le visage du Diable-Prudence se figea. Il découvrait sans doute, lui aussi, ses liens de parenté avec Ginger.

— Eh ! le Diable, ça vous ennuierait de reprendre votre apparence ? demanda Ginger. C'est perturbant d'avoir affaire à deux Prudence.

Le Diable restait immobile, abasourdi. Il ne semblait pas avoir entendu Ginger.

— Est-ce qu'on vient de vous apprendre quelque chose ? demanda Prudence. Vous avez l'air choqué.

Le Diable se recroquevilla dans un coin de la pièce. Il émit une lumière violente et reprit ses contours de monstre moche et bossu.

— Non ! Vous ne m'apprenez rien ! clama-t-il fièrement.

Son ton, son attitude embarrassée, son regard fuyant, tout nous prouvait qu'il mentait. Il saisit le bras de Ginger.

— Tu es ma petite-fille, et c'est pour cette raison que tu dois m'aider. Tu dois aider ton peuple, car tu n'es pas qu'une fille au sang sacré. Tu es aussi une Mogadore et tu dois comprendre la souffrance dans laquelle nous sommes tous à cause des dirigeants d'Alvénir.

— Je m'en fous de vos histoires ! se défendit Ginger. Réglez-les tout seul. Vous avez déjà fait assez de mal à Prudence. Je ne peux pas vous aider, je ne veux pas vous aimer.

— Tu n'as pas le choix ! gronda Volem. Si tu ne

m'aides pas, je lance de l'alchimine sur Joy. Quant à Prudence, je la séquestre ici même.

— Pff ! c'est petit ! remarqua Ginger. Je déteste le chantage. Ça m'étonnerait bien qu'on soit de la même famille. Vous manquez vraiment d'envergure pour être mon grand-père.

— C'est bien parce que j'ai besoin de toi que je ne te jette pas un sort ! grommela le Diable.

Alilam entra alors dans le salon, suivi de son fils Aljar. Il avança, tout sourire, vers Volem.

— Ça y est, tu as récupéré tout le monde ? demanda-t-il.

Il prit alors Mauk par l'épaule, comme s'il le connaissait bien. Mauk ne se laissa pas faire.

Alilam et le Diable Vert discutèrent ensemble de leur plan d'action. Ils n'envisageaient pas de nous relâcher de sitôt. Aljar m'avait fait un clin d'œil, mais il ne voulait pas que son père décèle la moindre complicité entre nous. Je regardai la fenêtre avec insistance. Je voulais qu'il comprenne mes intentions. Il hocha la tête. Ginger traversait la pièce de long en large et sautait sur les fauteuils comme un petit fauve.

— Bon ! Vous n'allez pas discuter comme ça toute la nuit, tout de même ! dit-elle avec impatience. Soit on dort, soit on s'en va. Mais là, je n'en peux plus d'être enfermée.

— Les premiers Mogadors seront là demain matin. Tu les aideras à passer à l'abbaye. Et vous les filles, vous les installerez dans l'orphelinat, nous ordonna le Diable Vert.

— Mais où comptez-vous nous loger, nous ? demanda Prudence. Je vous signale qu'il y a tout de même une cinquantaine de personnes qui habitent cette abbaye. Vous ne pouvez pas nous chasser comme ça.

— Je fais ce que je veux.

— Vous récolterez forcément ce que vous semez ! dit Prudence. Vous ne réfléchissez pas assez.

Comment pouvait-elle affronter ainsi le Diable Vert alors qu'il l'avait si terriblement maltraitée ? Rien ne pouvait donc altérer la témérité légendaire de notre Prudence. Sa fragilité n'avait duré que le temps de sa convalescence. Son audace et son franc-parler refaisaient violemment surface comme deux bouées qu'on aurait tenues de force au fond de l'eau. Prudence l'imprudente était de retour. Je tremblais pour elle tout en me réjouissant de l'avoir réellement retrouvée. Cela me rassurait. Elle me prouvait qu'il était possible de se sortir indemne des plus terribles incidents. Prudence était combative et forte comme Ginger, comme Margarita. June et moi me semblions moins armées que nos amies. Il nous manquait une sorte de toute-puissance, une invincibilité profonde, cette sécurité que je leur enviais si souvent. Comment pouvaient-elles affronter la vie d'une manière si frontale ? Comment pouvaient-elles être certaines à ce point de leur destin, de ce qui les attendait ?

— Vous dormirez ici et demain vous nous aiderez ! ordonna le Diable Vert.

Aljar me fit un signe de la tête. Je savais qu'il tenterait de nous sortir de là. Mais je savais aussi qu'il craignait énormément son père.

Alilam et le Diable Vert décidèrent de retourner chez les Mogadors afin de finaliser leurs plans d'invasion et de rébellion. Alilam fit sortir Aljar de la pièce, barricada les fenêtres de l'extérieur et dit en partant :

— Mauk, je compte sur toi.

Mauk ne leva pas les yeux, ne répondit rien. Prudence, Ginger et moi le fixâmes longuement, interloquées par la curieuse recommandation du bandit. Mauk, lui, continua à fixer le sol, feignant de ne rien avoir entendu.

— Tu es de leur côté ? s'écria Ginger.

Mauk ne répondit rien.

— Mauk, tu nous fais peur ! Dis-nous que tu n'es pas de leur côté, insista Prudence.

Mauk prit son visage entre ses mains.

— Je suis Mogador. Je ne peux pas renier mes origines.

— Tu es venu avec nous pour préparer la révolte ? demandai-je.

— Je suis venu pour être avec toi, me rassura Mauk.

Il posa sa main sur la mienne, et je sentis que je pouvais le croire.

— Ne te laisse pas avoir, me dit Prudence tout bas.

— Explique-nous pourquoi Alilam vient de te dire qu'il comptait sur toi. Et puis d'abord, comment peut-il te connaître ? Vous n'habitez même pas à la même époque, remarqua Ginger.

— Je ne sais pas. Je ne comprends rien à tout ça, dit Mauk. En attendant, je ne peux même plus rentrer chez moi.

— Tu voudrais rentrer alors ? Pour de bon ? m'écriai-je, l'air un peu triste.

— Pas pour de bon ! J'ai fait le voyage une fois, je pourrais sûrement le refaire, non ? (Il réfléchit.) De toute façon il n'est plus question que je rentre. Je ne vois même pas pourquoi tu me poses la question.

— Sans doute pour savoir si tu tiens à elle, proposa Prudence très sérieusement. Moi, en tout cas, je ne te connais pas, mais je ne te fais pas confiance. Je trouve ça bizarre qu'Alilam t'ait parlé comme si vous étiez complices.

— Dis-lui que je ne suis pas méchant, me supplia Mauk de sa belle voix.

— Il n'est pas méchant, affirmai-je.

7

Nous nous étions installées pour dormir lorsque j'entendis le verrou de la porte grincer. Aljar, comme prévu, venait à notre secours. Il alluma le plafonnier. Ginger et Prudence dormaient déjà. Mauk, lui, semblait bien réveillé.

— Ça y est, Volem et mon père viennent de partir. Vous pouvez filer mais faites vite. J'ai très peur qu'ils me trouvent ici.

Je secouai mes deux amies assoupies et leur ordonnai de nous suivre rapidement.

Mais, au moment où nous allions nous échapper, Mauk sortit le premier et referma la porte à clef juste derrière lui. Nous étions donc maintenus prisonniers, avec Aljar, dans son propre salon. Je tambourinai sur la porte en hurlant :

— Mauk ! Ouvre-nous ! Tu ne peux pas me faire ça.

Il ne répondit pas.

— J'avais raison ! claironna Prudence. On ne pouvait pas lui faire confiance. Mais toi, Joy, tu es aveuglée par l'amour… C'est lamentable !

— Mauk n'est pas méchant, répétai-je.

Curieusement, je croyais à ce que je disais. J'étais certaine que Mauk avait été manipulé, mais qu'au fond il restait aimant et bon, persuadée que nous étions toujours faits l'un pour l'autre. J'avais pitié de sa faiblesse. Il me semblait même normal qu'il se rallie soudain à la cause de son peuple.

— Pauvres Mogadors ! soupirai-je.

Ginger me traita de « déglinguée ». Prudence acquiesça. Aljar paniquait toujours à l'idée que son père le trouve en notre compagnie.

— Je vais vivre le plus sale quart d'heure de ma vie si mon père apprend que j'ai voulu vous aider à fuir.

— Qu'est-ce que tu crains exactement ?

— J'ai peur de mon père, c'est tout.

— Mais Altman dit que tu sais pertinemment qu'il ne te fera pas de mal.

— Altman ne sait pas tout.

Je trouvai soudain Aljar plus fragile et plus sympathique qu'avant.

Je lui présentai Prudence. J'avais oublié jusqu'ici que cette Prudence-là, la véritable Prudence, ne connaissait rien ni personne du monde d'Alvénir. Elle voulut savoir qui était Altman.

Ginger, encore endormie, peinait à garder les yeux ouverts. Dès qu'elle se fut rassise, elle retomba dans les bras de Morphée. Elle était si petite encore.

Je tambourinai à plusieurs reprises contre la porte. En vain. Mauk ne réagit pas. Je pensais qu'il se justifierait au moins, qu'il s'excuserait aussi de ses agissements, mais il préféra rester silencieux. Peut-être n'avait-il aucune intention d'aider les Mogadors. Peut-être était-il parti afin de regagner son époque avant le petit matin.

Prudence me fit observer que mes suppositions ne s'accordaient pas avec la recommandation d'Alilam.

— On voyait bien qu'il n'était pas de notre côté, commenta-t-elle. Tu as remarqué comment le bandit a pris ton chéri par l'épaule quand il est entré ? C'était évident qu'ils étaient de mèche. É-VI-DENT !

— Mauk est gentil, radotai-je de nouveau. Il ne peut pas nous vouloir de mal. Il a certainement ses raisons d'agir ainsi.

Aljar s'étonna de l'attitude de Mauk. Jamais, en effet, il ne l'avait vu auparavant. Comment son père et lui pouvaient-ils se connaître si Mauk venait du passé ?

— Tu n'es pas avec ton père toute la journée quand même… Tu ne sais pas tout sur sa vie, lui fis-je remarquer.

La peur d'Aljar s'amplifia. Il essaya d'ouvrir les volets, il enfonça divers objets pointus dans la serrure et finit par cogner la porte de toutes ses forces avec une sculpture en métal. Il s'agissait d'une sorte de sphère qui représentait une planète. Il abîma le bois massif sans parvenir néanmoins à ses fins.

— Il ne faut pas que mon père me trouve là, répétait-il.

Son angoisse finit par nous éclabousser toutes les trois. Le bruit avait réveillé Ginger. Or, lorsque Ginger ne dormait pas, il fallait qu'elle remue. La pièce lui paraissait bien trop petite. Entre elle qui sautait aux quatre coins du salon et Aljar qui se mordait les lèvres en essayant de trouver comment il pourrait nous sortir de là, la nuit devenait longue et inquiétante.

J'étais blessée. Comment Mauk avait-il pu me mentir et me trahir ainsi? Je refusais de croire qu'il m'avait utilisée, qu'il n'avait jamais eu de sentiment pour moi, que je n'avais été qu'un vecteur permettant de s'infiltrer dans notre monde et de participer à la revanche du Diable Vert. Tout cela m'occupait bien trop l'esprit.

À l'orphelinat, j'avais pourtant appris à ne pas faire confiance à Louiséjessalyn ni aux sœurs. Après avoir vécu avec elles, j'avais l'impression de tout savoir sur la cruauté, la trahison, le sadisme, l'aigreur des êtres humains. J'avais développé grâce à elles une méfiance systématique, et je me sentais toujours assez forte et futée en face de ceux qui me voulaient du mal. Je savais que je ne me laisserais jamais prendre au piège. J'avais intégré des réflexes de défense et de protection d'animal sauvage. J'avais confiance en ma carapace, en ma perspicacité, en mes jugements. Mais l'amour m'avait sans doute rendue malvoyante. Jamais je n'avais imaginé que Mauk pouvait être un traître, un menteur. J'essayais de comprendre son acte, j'essayais de ne pas lui en vouloir. Malgré ce qu'il venait de faire, je l'aimais toujours. J'avais envie d'être près de lui. Je ne m'expliquai pas cette attirance. Comment était-ce possible de ne pas lui en vouloir davantage ?

Pour oublier Mauk, je repensai à Alonn. Finalement, c'était assez commode d'avoir ces deux garçons en tête. Alonn me permettait de me sentir aimée, moins abandonnée quoi qu'il arrive. J'espérais juste qu'Alonn n'allait pas se montrer tout à coup sous un jour aussi décevant. Son statut d'Almour ne me garantissait-il pas, malgré tout, une fidélité, une gentillesse, une sécurité d'amitié permanentes ?

La panique d'Aljar avait atteint son paroxysme. Il se plaignait maintenant de fortes douleurs abdominales et répétait :

— Ça va mal tourner, ça va mal tourner, tout ça... Il ne faut pas que mon père me trouve ici.

— Finalement, ça a du bon de ne pas avoir de parents, remarqua Prudence.

Ginger dit qu'elle aurait préféré craindre ses parents de temps à autre plutôt que d'être orpheline. J'acquiesçai même si mes parents ne m'avaient jamais fait peur. Je ne pouvais donc pas comprendre Aljar. Je partageais juste sa douleur, sa crainte, son malaise. J'avais envie de le protéger, mais de quoi voulait-il se protéger ?

— J'ai peur à cause de ça, avoua Aljar.

Il souleva son tee-shirt et j'aperçus des marques de coups de fouet.

— Mon père est de plus en plus violent. Mais si je le dénonce au Palais, tout le monde saura qu'il est Mogador parce qu'il s'autorise des choses interdites. On va le séparer de notre famille et on n'aura plus rien pour vivre. Ma mère dit qu'il faut supporter ce qu'il est, ce qu'il fait et surtout éviter de le provoquer.

— Mais ta mère pourrait travailler, remarqua Prudence.

— Ma mère ne sait rien faire. Elle est complètement dépendante de mon père… Et puis mon père est riche grâce à ses affaires. On ne peut pas se passer de lui.

— Ses affaires ? Ce sont plutôt des escroqueries, non ? dis-je.

Aljar craignait les supplices qu'allait lui infliger son père. Il s'était recroquevillé, la tête sur les genoux. Il gardait le silence.

Ginger ouvrit la fenêtre et tenta à son tour de décoincer les volets qui avaient été bloqués de l'extérieur par Alilam. De mon côté, je me remis à tambouriner sur la porte en suppliant Mauk de nous aider, mais le silence de la maison me dissuada rapidement de poursuivre ces appels au secours. Je m'étonnais d'ailleurs que la mère et les frères et sœurs d'Aljar n'aient pas entendu mon raffut. Aljar m'apprit que la maison était vide pour quelques jours. Sa famille passait des vacances chez sa grand-mère maternelle.

— Ça y est ! hurla Ginger.

Elle avait mis tant d'acharnement à essayer de nous sortir de là que les volets avaient fini par céder à ses multiples tentatives d'ouverture.

— Comment tu as fait ? s'étonna Prudence.

— Ça m'énervait trop d'être enfermée ! répondit Ginger.

Nous nous précipitâmes à l'extérieur. Aljar remercia plusieurs fois Ginger, qu'il surnomma « la magicienne », et nous dit qu'il devait se remettre au lit avant le retour de son père.

J'avais peur que Mauk ne vienne nous contrer. Ginger avait couru si vite qu'elle avait déjà atteint le portail de la propriété. La petite porte en fer forgé s'ouvrit facilement sur la gauche. En moins d'une minute, nous fûmes donc totalement libres.

– On retourne chez nous ? demanda Prudence.

Ginger hocha simplement la tête et nous conduisit d'un pas assuré vers la fontaine sacrée. Prudence essayait d'élaborer des plans pour sauver les nôtres et reprendre le contrôle de l'abbaye.

– D'abord il faudra guérir tout le monde. J'espère que Margarita et June ont eu assez d'alchiminott et que les choses se sont arrangées.

– Ensuite il faudra qu'on évite l'invasion des Mogadors ! dis-je.

– Sans moi, personne ne passera d'un monde à l'autre, claironna Ginger.

Elle avait de plus en plus conscience de son pouvoir et de ses différences, et ne se privait pas de nous faire remarquer qu'elle était indispensable à tous. Je ne pouvais pas lui en vouloir. Ginger était essentielle à tout le monde, habitants d'Abbey Road, d'Appleton, d'Alvénir ou du pays Mogador. Elle offrait à chacun la possibilité de combler le manque, d'ouvrir l'avenir sur d'autres perspectives et le passé pour se comprendre mieux. Ginger incarnait la volonté et la certitude qui nous manquaient pour transformer nos rêves en réalité.

8

Nos boussoles intentionnelles nous conduisirent de nouveau sans hésiter à la source sacrée. Cette fois, nous revîmes le canyon. On aurait pu croire alors qu'une géographie précise commençait à se dessiner en Alvénir.

— Tu as vu, rien n'a changé, pour une fois, fis-je remarquer à Ginger.

— C'est normal. La nuit, ils font des économies de paysage, répondit Ginger sans un sourire.

— Ça ne veut rien dire, remarqua Prudence.

Nous dûmes alors lui expliquer l'instabilité et les variations du décor en Alvénir.

— Ici, les lieux n'existent et ne se dessinent que lorsque nous en avons besoin, précisa Ginger.

Prudence pensa que nous la faisions marcher. Elle souffla, l'air exaspérée. Elle ne supportait pas qu'on se moque d'elle lorsqu'elle avait faim et sommeil, nous expliqua-t-elle.

Nous ne pouvions pas la critiquer. Nous étions aussi affamées et fatiguées qu'elle.

Je crus entendre la voix d'Alonn à plusieurs reprises. Tentait-il de m'envoyer des messages télépathiques ou étais-je juste encore un peu amoureuse de lui ?

Alfébor dormait sur son arbre. Il ronflait même, ce qui amusa beaucoup Ginger. Elle ne ratait pas une occasion de rire.

— Nous pourrions voler un peu d'eau sacrée. On ne sait jamais, ça pourrait servir, proposa Ginger.

— Non merci ! répondis-je. J'ai trop peur de voir arriver la Grande Chouette. Je ne veux pas me faire kidnapper de nouveau. En plus, Alonn n'est toujours pas guéri…

Tout en discutant, nous nous retrouvâmes soudain dans le bois de l'abbaye. Le passage d'un monde à l'autre se faisait toujours en douceur.

— Comment va-t-on se rendre à l'hôpital ? Ginger, tu ne pourrais pas faire un peu de magie ici ?

— Je ne fais pas de magie. Je fais juste partie de deux mondes…

L'aube venait d'étaler sa lumière pâle sur le potager et la roseraie. De jolies gouttes de rosée recouvraient les fleurs et tapissaient la pelouse d'un voile blanc.

Prudence prit ma main en souriant. Elle avait l'air si contente de revenir à l'orphelinat.

Nous fîmes le tour du bâtiment. L'herbe nous mouillait les pieds.

— Tu crois que le Diable Vert pourrait passer dans notre monde sans aide ? demandai-je à Ginger.

— Non. Mais la Grande Chouette pourrait de nouveau le bannir et s'en débarrasser. C'est facile pour elle. Dès que quelqu'un la gêne, allez, hop ! elle l'envoie chez nous.

— C'est mieux que la peine de mort, quand même, dit Prudence. Dans certains pays on tue les gens, tu sais.

— N'empêche, je trouve que la Grande Chouette exagère, conclut Ginger.

— On voit bien que tu as du sang mogador, dis-je. Finalement tu es un peu d'accord avec ton grand-père.

— Arrête de l'appeler mon grand-père ! Il est dégoûtant. Personne n'en voudrait dans sa famille !

Prudence s'exclama soudain :

— Regardez ! C'est sœur Ethelred !

Mon cœur bondit sous mes côtes.

Elle avançait là, sur le côté droit de l'abbatiale, devant la grille d'accès au petit cimetière. En général, nous évitions systématiquement de fréquenter ce coin de la propriété, tant les vieilles pierres tombales penchées, cassées et recouvertes de mousse nous donnaient la chair de poule. L'an dernier, nous avions été obligées d'assister ici à l'enterrement du doyen des prêtres du Finnsbyshire, et deux pensionnaires avaient juré avoir aperçu un spectre caché derrière l'unique mausolée du lieu. Ginger, elle, n'avait jamais eu peur de tout cela. Souvent elle jouait seule à la marelle devant le cimetière. Elle se précipita donc vers sœur Ethelred. Nous la suivîmes. Quel curieux tableau ! Jamais je n'aurais cru qu'un jour nous allions courir sans crainte vers sœur Ethelred (et vers le côté droit de l'abbaye). Je nous trouvais même enthousiastes, toutes les trois. Sœur Ethelred avait été une victime du Diable Vert au même titre que Prudence, Aglaé, Dawson et nos amies ; elle devenait donc soudain l'une des nôtres, malgré tout ce qui nous avait séparées jusqu'ici, malgré sa méchanceté profonde.

Décidément, il me paraissait de plus en plus difficile de distinguer le bien du mal, les gentils des méchants, les sages des novices, sans expérience. Les Mogadors n'étaient certainement pas le peuple que décrivaient les gens d'Alvénir ; les Almours, dépourvus de sentiments, en cachaient en réalité au fond d'eux ; le Diable Vert n'était en fait, à l'origine, qu'un amoureux blessé et délaissé ; Mauk… ah ! Mauk ! je préférais ne plus penser à lui. Il m'avait tant blessée.

Ethelred, elle, ne courut pas vers nous. Notre aventure commune ne semblait pas l'avoir rendue plus sympathique. Elle esquissa cependant un petit sourire lorsque Ginger serra sa taille entre ses bras frêles, mais elle ne fit en retour aucun geste qui aurait pu trahir son soulagement ou sa joie de nous revoir.

— Vous êtes tous guéris ? demandai-je.

— Pas tous. Margarita et June n'avaient pas assez d'élixir. Une vingtaine de filles sont encore touchées par le sort du… (elle toussota) monsieur Vert.

— Du Diable Vert, précisa Prudence.

— Prudence, vous ne prononcerez plus ce mot ici, s'il vous plaît ! L'idée qu'une telle créature ait pu se cacher dans notre établissement est épouvantable. Chassons le mal sous toutes ses formes.

— Où sont les autres ? demanda Ginger.

— Au réfectoire. Ils prennent un petit déjeuner.

Je retrouvai avec plaisir l'odeur des couloirs humides de l'abbaye. Il me semblait que nous avions quitté ces lieux des mois auparavant, tant nos multiples voyages avaient été agités et riches d'expériences diverses. À cet instant, je parvins à oublier que nous n'étions certainement pas arrivées au bout de nos peines. Il me semblait que nous venions de gagner une bataille, que tout rentrait dans l'ordre, que tout allait reprendre comme avant.

Dès que nous entrâmes dans le réfectoire, les convives se mirent à hurler leur joie. Je me rendis compte alors que quelque chose avait définitivement changé à l'orphelinat, car jamais personne jusqu'ici ne s'était autorisé à pousser de tels cris pendant un repas. Quelques jours avant, nous aurions été punies pour ce genre de démonstration. Margarita et ses parents étaient venus nous attendre et s'occuper des vingt malades qui se reposaient maintenant dans le dortoir, puisque l'hôpital ne pouvait rien pour elles.

Aglaé nous serra très fort contre elle. Hope et Daffodil nous couvrirent de baisers. Ginger n'attendit pas pour se mettre à table. Elle dit qu'elle parlerait après avoir mangé. Pour la première fois, nous eûmes le plaisir de déguster de bonnes tartines de pain frais, recouvertes d'exquises confitures. Le beurre n'était pas rance, et nous avions le choix entre un verre de jus de pomme et un verre de jus de raisin. Je croisais les doigts pour que mes prochains matins ressemblent à celui-ci, mais je savais pourtant que seule la présence de Lady Bartropp à notre table nous assurait ce confort éphémère. En temps normal, les sœurs auraient gardé tous ces délices pour elles, et nous aurions dû nous contenter de notre cauchemar gustatif quotidien, parce qu'il fallait bien se nourrir, même si j'essayais de ne manger que ce qui me plaisait.

— J'ai fait le plein de bonnes choses au château, me confia Margarita. Je me doutais bien que tout le monde aurait faim.

Le père Phildamon ne se réjouissait pas autant que les autres. Il n'avait qu'une idée en tête : faire venir un exorciste. L'abbaye était possédée par le diable, « le malin », le nommait-il. Il fallait chasser cet intrus pour que nous puissions retrouver la paix du Seigneur.

— Ce n'est pas le diable, dit Ginger. C'est un diable. Un petit diable de rien du tout.

— C'est le grand-père de Ginger ! lança Prudence, sans réfléchir à la brutalité de ses propos.

— Oh ! s'exclamèrent les sœurs en chœur.

Elles firent leur signe de croix plusieurs fois, comme si ce geste allait les protéger du mal. Je les trouvais ridicules et dépourvues de curiosité. Elles ne cherchèrent pas à en savoir plus sur l'histoire de Ginger ; elles se focalisèrent sur cette histoire de diable, sans faire de distinction entre leur « diable », celui de l'enfer et du péché, celui qui leur pourrissait la vie dès qu'elles devenaient gourmandes ou envieuses, et Volem Ratamazaz, ce petit sorcier qu'Altenhata et le racisme du peuple d'Alvénir avaient rendu belliqueux et aigri.

Dawson interrogea Ginger sur ses origines.

— Raconte, toi ! me demanda Ginger en avalant sa quatrième tartine. Moi, ça me dégoûte d'avoir un grand-père aussi moche.

— Voyons, Ginger ! s'exclama Aglaé. Il va falloir que tu trouves quelques qualités à ce grand-père, tout de même ! C'est une partie de toi, et s'il te dégoûte comme tu le dis, cette partie de toi te dégoûtera ainsi toute ta vie.

— Je n'ai qu'à l'oublier. Après tout, j'ai bien vécu dix ans sans le connaître, répondit Ginger en fixant intensément Aglaé de ses jolis yeux en amande.

— Ce serait impossible, affirma Aglaé. Nous n'avons pas le pouvoir d'effacer nos origines.

— Vous, non. Mais moi je suis forte, soutint Ginger sans lâcher le regard de son interlocutrice.

Je leur rappelai ce que nous avait affirmé le grand sorcier Alfomène Sitranpuk : la voix latine de Ginger disparaîtrait quand elle aurait effacé le mal provoqué par ses ancêtres.

Peut-être pourrait-elle alors se réjouir d'avoir du sang mogador.

— Comment veux-tu que je gomme toutes les bêtises qu'a faites cet imbécile de Volem ! remarqua justement Ginger. Je l'ai déjà dit : je ne vais pas payer pour les erreurs de ce type, tout de même !

— Si nous avions réussi à empêcher la révolte des Mogadors lorsque nous étions dans le passé, cela aurait réglé bien des problèmes, remarquai-je.

— Vous avez voyagé dans le passé ! s'exclama sœur Alarice. Quelle imagination !

Aglaé nous fit signe de ne pas réagir.

Margarita soupira.

— C'est inutile de revenir là-dessus. Voyons ce qui nous manque maintenant. Il nous faut de l'alchiminott pour soigner vingt orphelines. Mais nous savons que nous ne pouvons en trouver qu'en remontant le temps.

Aglaé fronça les sourcils pour signifier à sa fille qu'elle ne devait vraiment plus évoquer ce genre de voyage.

Je dus, malgré cela, informer les sœurs des derniers plans du Diable Vert.

— Il prétend qu'il va devenir président des Mogadors et qu'il s'installera dans l'abbaye. Il recevra ici tous les immigrés mogadors qui souhaitent fuir les pouvoirs de la Grande Chouette en venant dans notre région.

— C'est le malin, le malin, répétait le père Phildamon. Je ne vois qu'une solution, un exorciste !

— Vous avez sans doute raison, reconnut sœur Ethelred.

— Attendons quelques jours. Tout a l'air de rentrer dans l'ordre, ajouta sœur Alarice.

— Franchement, je crois que vous ne chassez pas le bon diable, dit Prudence.

— Prudence ! Je vous ai déjà prévenu ! Ce mot ne doit pas être employé ici, rappela sœur Ethelred.

— Sinon quoi ? s'enquit Ginger.

— Voyez cette insolence !

— Vous n'avez même pas de réponse à m'apporter. Vous me traitez toujours d'insolente quand vous ne savez pas quoi répondre. Je vais faire pareil, tiens ! Quand vous me demanderez de résoudre une opération compliquée, je dirai : « Voyez cette insolence ! » au reste de la classe.

Dawson ne put retenir un éclat de rire tonitruant. Aglaé lui fit les gros yeux. Il sortit de la pièce.

Ethelred pressa les orphelines de terminer le petit déjeuner.

Elle ne pouvait pas déployer son sadisme habituel en la présence de Lady Bartropp, elle n'avait plus prise sur Margarita, qui ne faisait plus partie des orphelines, et, surtout, elle ne comprenait rien à nos histoires d'Alvénir, ce qui l'excluait totalement de nos conversations.

— Allez faire une bonne toilette, nous ordonna-t-elle. Vous en avez besoin.

— Il faudrait tout de même que l'on trouve une solution pour nos malades, dit Eulalie, qui jusqu'ici avait tout écouté sans intervenir. Je veux bien veiller sur elles, mais sans alchiminott elles vont dépérir, c'est certain. Ah ! si nous avions un allié dans le passé, cela faciliterait les choses !

Les sœurs et le père Phildamon s'éclipsèrent, prétextant qu'il était l'heure de la prière. En réalité, ils semblaient persuadés que nous étions toujours « possédées » et que nos propos n'avaient plus aucun sens.

Je pensai à Mauk, mon allié dans le passé. Je me rappelai son odeur et son sourire, son corps collé contre le mien pendant le voyage en montgolfière.

Je refusais toujours de croire à sa méchanceté. Je comprenais qu'il ait eu envie de se révolter avec les autres Mogadors, mais j'étais sûre qu'il m'aimait malgré tout et qu'il ne me voulait aucun mal.

Je suggérai de retrouver Mauk afin qu'il dérobe quelques bouteilles d'alchiminott à Volem. Mais Ginger remarqua, à juste titre, qu'il n'y avait aucune raison que son propre grand-père ne l'aide pas à soigner ses amies.

— Il pourrait me servir à quelque chose au moins, ce monstre ! s'exclama-t-elle.

Aglaé pensait qu'il aurait été terriblement fatigant et déstabilisant (elle aimait bien ce mot-là) de renvoyer Ginger en Alvénir.

— Il faut que vous repreniez des forces, les filles. Vous êtes pâles, vous avez des cernes, vous avez l'air exténuées. (Elle pointa June du doigt. Cette dernière s'était endormie sur le coin de la table.) Mangez, dormez, refaites-vous une santé et nous pourrons alors envisager de sauver vos amies, dit Eulalie, en bonne infirmière qu'elle était.

— Maman, on peut inviter June, Prudence, Ginger et Joy chez nous ce soir ? demanda Margarita.

— Et moi ? Je pourrais venir aussi ? ajouta Hope de sa petite voix.

— Je serais ravie d'inviter qui tu veux, ma chérie, mais je crois que nous ne devons pas quitter l'abbaye, tant que tout n'est pas rentré dans l'ordre. J'ai envoyé le chauffeur chercher des affaires. Nous allons nous installer ici quelques jours.

Toutes les filles se réjouirent. La présence de Lady Bartropp et de Dawson, notre ex-jardinier, était si positive. Je réalisai à cet instant que Louiséjessalyn n'avaient pas bénéficié du premier lot d'alchiminott.

— Est-ce que tu as choisi qui tu voulais guérir ? demandai-je à Margarita.

– J'ai guéri mes parents et Eulalie. Ensuite, ce sont eux qui se sont occupés de distribuer l'alchiminott.

Je m'étonnai que tous les adultes aient été soignés en priorité. Sœur Wilhimina, par exemple, n'était d'aucune utilité à la communauté en cas de crise.

– Le choix était compliqué, m'avoua Eulalie. J'ai agi en fonction de la résistance physique des enfants. Il m'a semblé que les plus costauds tiendraient bon quelques jours de plus. Quant aux sœurs, ce sont elles qui vous nourrissent et vous protègent. Vous en avez besoin à l'orphelinat. En ce qui les concerne, nous n'avons pas hésité.

– Y en a que vous n'auriez pas dû soigner tout de suite ! dit Ginger en riant.

Dawson rit à son tour, et tout le monde fit de même. Il s'agissait d'un fou rire de soulagement collectif. Les sœurs n'étaient pas là, nous nous en donnions à cœur joie.

9

Les heures qui suivirent, les jours qui suivirent furent une parenthèse de douceur. Nous étions conscientes de la fragilité de ces instants exempts de mauvaise surprise, de diable, de reflets, de hibou et de chouette, mais nous avions sans doute préféré oublier tout cela et reprendre une vie normale, agrémentée par la présence de Margarita et de sa famille qui tempérait les sœurs et rendait nos journées presque paradisiaques. Aucune punition ne fut donnée, pas un morceau de pain sec ne nous fut proposé au petit déjeuner, pas une promenade épuisante sur la route monotone ne fut imposée. L'école n'avait repris qu'à mi-temps. Aglaé Bartropp tenait à ce que nous ne restions pas « sans rien faire », les occupations périscolaires se limitant à des jeux de ballon ou de dames et à une maigre bibliothèque.

Comme les malades occupaient le dortoir, Aglaé insista pour que l'on déplace nos lits dans le grand salon du rez-de-chaussée qui donnait, de l'autre côté de l'abbaye, sur le potager et le petit bois. Ce déménagement nous occupa toute la journée. Nous passâmes des heures à monter et descendre les escaliers du dortoir, les bras chargés. Celles qui n'avaient pas encore reçu d'alchiminott restaient assises sur le coin de leur lit, le regard vide, l'air absentes. J'essayai de parler à l'une des malades mais elle ne tourna même pas la tête. Le silence dans le dortoir était inquiétant, et curieusement, à chaque fois que nous rentrions pour emporter un lit, nous nous mettions à parler tout doucement, comme si nous allions déranger les malades, comme si leur état nous poussait à une sorte de recueillement, de respect.

— On se croirait dans une église, me fit remarquer Prudence. Je ne comprends pas pourquoi on chuchote.

Eulalie veillait sur les victimes de l'alchimine. Elle était aidée par sœur Amanda, une femme très effacée, mais plus sympathique que ses collègues. Les deux sœurs montaient des plateaux déjeuners du réfectoire et conduisaient l'une après l'autre les malades à la salle de bains.

— Il faut changer leurs vêtements, dit Aglaé. Malades peut-être, souillons, sûrement pas !

Elle s'aperçut alors que nous manquions de vêtements et que nos sous-vêtements, eux, manquaient d'élastique et de blancheur.

– C'est sûr qu'ils ont fait leur temps, acquiesça sœur Wilhimina. Mais enfin, personne ne les voit… Ce n'est pas bien grave.

– C'est beaucoup plus important que vous ne pensez, remarqua Lady Bartropp. Nous devons pouvoir nous sentir beaux en toutes circonstances. Nous ne nous habillons pas uniquement pour les autres. C'est un peu manquer d'authenticité, mentir sur ce que l'on est vraiment, de n'essayer d'être joli qu'en surface. Il ne faut jamais négliger le cœur de la fleur, sœur Wilhimina, car lorsque les pétales s'ouvrent c'est lui que l'on remarque. Nos enfants doivent se sentir jolies de la tête aux pieds. À ce propos, j'aimerais aussi qu'on donne une lime à ongles à chacune. J'ai pu constater que leurs mains et leurs pieds n'étaient absolument pas entretenus. Nous ne sommes pas des animaux, ma sœur.

– Je suis d'accord avec vous, mais ce ne sont encore que des enfants.

– Parfois je préférerais n'avoir rien entendu ! conclut Aglaé en quittant la pièce.

Quelle grande dame ! pensai-je.

J'avais du mal à croire que j'avais fait le voyage en Alvénir avec cette même Aglaé. Comment était-il pensable d'être ainsi privée de ses esprits ? Une chute sur la tête, un coup de froid, un mauvais sort, et voilà qu'on ne reconnaissait plus que le corps de celui qu'on avait côtoyé des années durant... et encore, pas toujours. Dawson avait bien été transformé en nouveau-né !

J'avais d'ailleurs quelques problèmes à considérer désormais Dawson, Aglaé et les sœurs de la même façon. J'avais perçu la vulnérabilité, la faiblesse, la fragilité en chacun d'eux. Je savais qu'on ne pouvait jamais compter totalement sur les adultes, bien qu'ils aient toujours tenté de nous faire croire le contraire. Ils n'étaient pas des dieux, mais juste de grands enfants s'étant soudain octroyé une certaine indépendance et des pouvoirs. À quel moment pouvait-on s'autoriser ce tournant sans être traité d'insolent ? Qu'est-ce qui permettait le passage d'un âge à l'autre ? S'agissait-il simplement d'une histoire d'autonomie financière ou affective ? Certains adultes prétendaient qu'il fallait acquérir expérience et sagesse au fil des années, mais quelle expérience, par exemple, pouvait partager une pauvre sœur qui n'avait jamais aimé quelqu'un d'autre que le bon Dieu, qui n'avait jamais vécu ailleurs qu'au fin fond du Finnsbyshire, dans une abbaye qui ne produisait rien d'autre que quelques cols en dentelle et quelques paires de chaussons ? Aglaé, elle, pouvait éventuellement nous servir de modèle lorsqu'elle n'était pas amnésique. C'était une guerrière, une femme forte. Elle ne se laissait jamais marcher sur les pieds, elle s'occupait bien de sa famille, de son château et de notre orphelinat. Elle avait voyagé, rencontré du monde. Elle avait aimé Dawson contre vents et marées, elle savait se coiffer, s'habiller, être belle pour elle et pour les autres. Elle était là pour nous montrer comment nous pouvions améliorer nos vies. Pour moi, le rôle principal des adultes aurait dû être celui-là : donner le goût de la vie, apprendre aux enfants à l'embellir, les pousser à se cultiver, à aimer travailler pour pouvoir s'offrir plus de plaisir. En réalité, la plupart des adultes n'avaient de cesse que d'enseigner le contraire aux enfants. Quoi qu'il arrivât, il fallait souffrir en toutes circonstances, comprendre que la vie était un paquet de tracas, mériter ses plaisirs, accepter des règles inutiles et être humilié, plier l'échine, ne jamais répondre, réaliser les rêves de ceux qui nous élevaient, tenter de devenir ce qu'ils n'avaient jamais pu être en suivant leurs conseils. Mon retour à l'orphelinat me mettait soudain face à une normalité insupportable. Je savais maintenant que je n'étais pas si différente des adultes et que je ne leur devais du respect que s'ils m'en accordaient, eux aussi. Rien ne justifiait que nous acceptions les lois de l'orphelinat, si ce n'était la dépendance dans laquelle nous nous trouvions malgré nous. N'avions-nous pas appris à accepter tout cela, simplement pour éviter les punitions et pour être certaines d'avoir un toit ? N'était-ce alors pas une sorte de chantage contre lequel nous ne pouvions rien ?

— Tu as l'air pensive, remarqua June, alors que nous descendions ensemble un autre lit du dortoir.

Je lui souris. J'étais heureuse de la savoir près de moi. Je savais que je pouvais compter sur elle, comme je pouvais compter sur Margarita, Prudence, Ginger et Hope. Elles composaient une merveilleuse famille.

Les lits étaient lourds pour nos bras si peu musclés. Nous transportions les matelas, puis les sommiers. Ensuite, il fallut s'occuper de nos affaires et les transférer aussi d'une salle à l'autre. Margarita annonça qu'elle était heureuse de dormir de nouveau à côté de nous parce qu'elle avait rêvé plusieurs fois qu'elle revenait à l'orphelinat.

— Parfois, même, j'ai pleuré en repensant aux bons moments que nous avons passés ensemble ici. Je me disais que ça n'arriverait plus jamais, avoua-t-elle.

— Eh bien, tu vois, tu dois avoir un sacré gentil

ange gardien, remarqua June, parce que ton rêve devient réalité.

— Un gentil ange gardien ou une gentille maman. C'est tout de même Aglaé qui a proposé que vous vous installiez quelques jours à nos côtés, ajoutai-je.

— Souvent, je ne t'aime pas trop, dit Ginger à Margarita, mais je préfère quand même quand tu es là avec tes parents. C'est plus amusant.

Ce matin-là, le soleil éclairait tout ce qu'il pouvait. Il se faufilait partout, infiltrait ses rayons pointus dans les pièces les plus sombres, déposait des pièces d'or entre les voûtes de pierre, des tapis jaunes sur les paliers, illuminait les pelouses, révélait les reflets secrets de nos chevelures.

Le calme était revenu. Je pus enfin serrer Smile contre moi, m'asseoir comme avant sur le muret du jardin et observer les rondes d'hirondelles dans le ciel.

Il fallait encore installer notre nouvelle chambre. Aglaé prit un balai et retira les toiles d'araignée au plafond, dans les coins de la pièce. Je n'en revenais pas de la voir faire le ménage. Elle ouvrit en grand les baies vitrées « pour chasser cette étrange odeur de bondieuseries », dit-elle. Elle avait raison, le salon sentait la même odeur que la sacristie : l'encens, la naphtaline des habits du dimanche, l'encaustique, le vin du curé, celui qui remplaçait – oh ! la bonne affaire ! – le sang du Christ.

— Heureusement que les prêtres ne boivent pas du vrai sang à chaque messe, sinon ce serait des vampires, pensai-je à haute voix.

Aglaé tourna la tête vers moi.

— Je comprends pourquoi Margarita t'aime autant. Tu es une rigolote !

— Pas vraiment, ponctua Ginger. Joy n'est pas si drôle que ça, vous savez. On l'aime bien parce qu'elle est très gentille, généreuse et intelligente.

Aglaé sourit plus ouvertement que d'habitude. Nous l'amusions.

— Je ne me suis jamais demandé pourquoi j'aimais bien Joy. Je sais simplement qu'elle est ma sœur, mon amie pour la vie, ajouta Margarita.

— N'empêche que c'est rigolo, cette histoire de curés-vampires, remarqua Prudence. Ça me plaît !

Nos amies Natacha, Daffodil et Sarah, qui s'installaient avec nous au rez-de-chaussée, n'apprécièrent pas toutes cette blague.

— Le diable va venir te chercher si tu te moques du Seigneur, dit Sarah.

— Le diable est déjà venu me chercher, répondit Prudence. Je n'ai plus rien à craindre. Et entre nous, il ne faut pas croire tout ce que les sœurs racontent.

Natacha et Sarah n'avaient toujours pas l'air convaincues par ce qu'avançait Prudence. Elles se mordaient les lèvres en nous lançant des regards sombres. On ne devait pas démolir leurs remparts, leur sécurité. Aglaé rétablit rapidement un climat tempéré.

— Chacun peut penser ce qui lui fait plaisir. Chacun peut dire ce qui lui fait plaisir tant qu'il ne blesse pas son prochain, tant qu'il ne le choque pas. Je crois que vos amies ne sont pas prêtes à entendre ce genre de plaisanterie, et c'est compréhensible.

Les trois filles, intimidées par la grande Lady Bartropp, n'étaient pas aussi volubiles que d'habitude. Notre aisance semblait les surprendre, mais elles restaient effacées et bien élevées, comme on le leur avait enseigné, tant elles craignaient la présence d'une adulte. Je les entendais penser : « Pas d'insolence, surtout, pas d'insolence ou c'est la punition. » Alors je dis :

— Personne ne vous fera du mal, les filles. Aglaé est une mère pour nous toutes.

Aglaé posa un regard d'une infinie douceur sur chacune des orphelines, comme si elle avait voulu prouver aux autres que j'avais raison.

Daffodil ouvrit de grands yeux lorsqu'elle m'entendit appeler Lady Bartropp par son prénom. Nous entrions dans une nouvelle ère, mes camarades découvraient soudain qu'il était possible de se comporter différemment sans être blâmée.

Ah! si Margarita et sa famille avaient pu rester à nos côtés quelques mois, les sœurs auraient sans doute été contraintes de modifier leurs attitudes! Pourquoi ne déménagions-nous pas l'orphelinat au château de Sulham?

Dawson se chargea de remettre un peu de joie dans le parc. Il planta de jolies fleurs rouges et violettes, ratissa les graviers, tondit le gazon que de Grevelin avait négligé.

Aglaé partit avec Margarita faire des provisions « de bonnes choses » pour nos repas. Nous les aidâmes à décharger de la calèche des pains joufflus et croustillants, des pots de miel ambré, des fruits appétissants, des faisselles de fromage blanc tout frais et des boîtes de thé parfumé.

— Je ne comprends pas pourquoi on vous sert encore ce thé imbuvable, dit-elle. Cela fait deux ans que je demande à sœur Alarice de ne plus en acheter.

— Parce qu'on ne doit pas se faire plaisir trop souvent, répondit Hope innocemment.

Trois jours s'écoulèrent ainsi, trois jours gracieux et apaisants pendant lesquels je me sentis flotter. Agréablement flotter. Je parvins à oublier que nous n'étions pas au bout de nos peines. Je profitai de l'instant.

Il était convenu avec Dawson, Aglaé et Eulalie que nous devions éviter de parler d'Alvénir et des Mogadors devant les sœurs.

— Je crois qu'elles ne sont pas fabriquées pour entendre de telles histoires, avait déclaré Dawson.

En effet, le père Phildamon avait fini par les convaincre de faire venir un exorciste. Ce jeudi-là, nous l'attendions en tremblant. Nous savions bien que les sœurs couraient le mauvais lièvre, le mauvais diable, mais l'état d'épouvante dans lequel s'étaient mises les nonnes suite à l'annonce de la venue de l'exorciste était communicatif. Dawson, lui, riait dans son coin.

— On risque de bien s'amuser ! me confia-t-il.

10

Monseigneur Paine, qui avait fait conduire tous les malades à l'hôpital, se déplaça jusqu'à l'abbaye lorsqu'il apprit qu'un exorciste allait nous rendre visite. Il réclama des explications détaillées sur l'étrange épidémie qui s'était abattue entre nos murs. Dawson se risqua à lui raconter la vérité. C'est ce que nous rapporta Margarita, car nous n'étions pas dans le bureau où se tint la discussion. L'archevêque était un homme intelligent et ouvert, mais il eut beaucoup de mal à admettre la véracité de nos aventures. Il finit par s'exclamer :

– Si vous voulez que je croie à vos récits, faites-moi donc visiter ce pays d'Alvénir.

– Vous êtes pire que saint Thomas ! rétorqua Dawson en riant.

– Eh oui, malheureusement, on ne se refait pas. Je ne crois que ce que je vois.

Margarita dit alors très justement :

– Pourtant vous croyez en Dieu…

Mais monseigneur Paine était sans doute habitué à ce genre de réaction. Il rétorqua immédiatement :

– Mais je vois Dieu partout où je me trouve. Dieu est partout, mon enfant.

– Pas en Alvénir, pas plus chez les Mogadors, expliqua Margarita.

– Il faut vraiment que vous me conduisiez là-bas, conclut monseigneur Paine à l'oreille de Dawson. Tout cela m'intéresse au plus haut point. Mais n'en parlez pas aux sœurs, s'il vous plaît.

Margarita dut expliquer à l'archevêque que son départ dépendait de la décision de Ginger.

– À mon avis, vous n'avez pas beaucoup de chance d'être choisi, ajouta-t-elle.

– Qu'est-ce qui te fait dire ça ? demanda monseigneur Paine.

– Vous ne manquez de rien.

– Qu'en sais-tu ? Me connais-tu si bien, petite ?

Dawson fit signe à Margarita de quitter la pièce. Elle se dépêcha de nous rapporter leur conversation.

Deux heures plus tard, l'exorciste se présentait à l'abbaye.

Nous l'attendions, assises près de la maison du jardinier pour ne rien rater de son entrée.

Il vint à pied. Il devait habiter aux alentours. Sa tenue nous surprit. Une queue-de-pie étriquée bordeaux, une chemise à jabot dont les manches en dentelle dépassaient du costume. Il portait trois bagues et une grosse croix dorée au cou. Margarita ne put retenir un éclat de rire.

— Quelle démarche ! remarqua-t-elle.

Les sœurs Alarice et Ethelred vinrent à sa rencontre en baissant les yeux. Leur fausse humilité m'agaçait de plus en plus.

— Bienvenue à l'abbaye, monsieur Timble, dit sœur Alarice. Merci d'être arrivé aussi vite.

— Ce genre d'affaires n'attend pas, dit l'homme d'une voix aiguë et précieuse en remuant ses mains d'une manière plus que féminine.

— On dirait une fille ! remarqua Ginger.

Elle se mit à rire à son tour.

— Et c'est cet homme qui est censé chasser le diable, ha, ha, ha ! Elle est bien bonne ! Il ne ferait pas de mal à une mouche ! s'esclaffa Prudence.

— Puis-je vous offrir quelque chose à boire avant de commencer la séance ? demanda Alarice.

— Ce n'est pas de refus. Un thé glacé serait idéal. J'adore le thé glacé à la bergamote, mais ne vous embêtez pas pour moi.

Il suivit les sœurs au réfectoire. Il marchait en se

déhanchant exagérément. Hope l'imita. Nous ne voyions pas souvent d'hommes à l'orphelinat mais jamais nous n'avions rencontré un pareil coquet. Prudence proposa d'aller « espionner » la séance d'exorcisme.

– Ça doit être rigolo avec un type comme ça, remarqua-t-elle.

– C'est vrai qu'il a l'air sympathique et assez joyeux, dit Daffodil. Pour un chasseur de mal, il est plutôt bien !

Nous fîmes le gué à la porte du réfectoire. Dès que les sœurs et l'homme ressortirent, nous les suivîmes en jouant au ballon jusqu'à l'abbatiale. C'était donc là qu'il allait agir.

Dawson et monseigneur Paine attendaient déjà devant la porte. Je remarquai le visage surpris de l'archevêque lorsqu'il découvrit l'élégant exorciste. L'homme frétillait comme un petit poisson lorsqu'il s'exprimait. Il faisait de grands gestes et parlait assez fort. C'était un clown, en fait. Nous étions au spectacle. Les sœurs avaient beau être sévères et pleines de principes, l'un de ces principes les rendait plus sympathiques à mes yeux. En effet, jamais elles ne s'autorisaient à juger les autres. Ainsi, M. Timble, si provocant et gênant fût-il au sein de l'abbaye, était un enfant de Dieu qu'il fallait accepter tel qu'il était.

L'accueil de cet exorciste farfelu me permit de déceler une certaine tolérance même chez les sœurs les plus antipathiques. Je ne parvenais pas à comprendre si elles s'étaient imposé des œillères passagères parce qu'elles n'avaient pas d'autre choix ou si elles étaient vraiment en mesure d'accepter la différence sur le long terme. Jusqu'ici, leur façon de traiter Ginger m'avait en effet prouvé le contraire.

Il nous fut impossible de savoir ce qui s'était passé dans l'abbatiale. On vit seulement sœur Ethelred entrer et sortir avec une cuvette, puis avec des vieux chiffons et des bouteilles de vinaigre.

— Ils vont faire la cuisine ? demanda Elma, l'une des amies de Hope.

— Le vinaigre est un purifiant, un antiseptique, un anti-diable aussi, sans doute, répondit Margarita.

Aglaé vint nous chercher.

— Si vous voulez manger de bons légumes, nous allons avoir besoin de votre aide pour remettre le potager en état ! L'ancien jardinier l'a très mal entretenu.

— Vous voulez dire le Diable Vert ? insista June.

— J'aimerais le chasser de nos pensées, répondit Aglaé.

— On ne peut pas chasser le grand-père de Ginger

de nos pensées, dis-je. Il fait partie de son histoire et elle est notre amie.

— C'est très juste, admit Aglaé. Je dois revoir mes jugements. Et puis, de toute façon, il va bien falloir retourner en Alvénir... Parfois je m'autorise à porter des œillères. Cela me permet de reprendre des forces.

Ginger ne nous avait pas entendues, elle courait devant nous, comme d'habitude, accompagnée par sa chanson latine qui, depuis notre retour à l'abbaye, s'en donnait à cœur joie.

Tandis que nous bêchions, que nous arrachions les mauvaises herbes, que nous arrosions les pieds encore vaillants, Margarita suggéra d'organiser un voyage en Alvénir afin de récupérer l'alchiminott nécessaire pour guérir nos amies. Elle en profita pour avertir Ginger que l'archevêque voulait participer à l'expédition.

— Ça dépendra de ce qu'en pense ma voix intérieure, dit Ginger. Moi je ne décide pas grand-chose en ce qui concerne Alvénir.

— Tu m'as tout de même empêchée de venir à plusieurs reprises, remarqua Margarita.

— Oui, mais toi, tu m'énerves. C'est pas pareil, rétorqua Ginger en pointant son petit nez avec arrogance vers Margarita.

Margarita lui tira la langue.

Aglaé lui fit remarquer que les jeunes filles bien élevées ne tiraient pas la langue. Elle répondit instantanément en riant :

— Mais tu sais bien que je n'ai pas été bien élevée !

Qui allait participer à l'expédition ? Telle fut la question qui s'imposa tout d'abord. Aglaé proposa d'attendre de retrouver Dawson et Eulalie pour prendre une décision. Mais nous avions toutes des avis bien différents sur la question, et il fut impossible d'éviter la discussion.

J'avais très envie de retourner en Alvénir, mais je reconnus que seules mes affaires amoureuses me poussaient à vouloir refaire ce voyage. C'était très égoïste de ma part.

— Ah ! lorsqu'on est amoureuse, le reste du monde n'existe qu'en demi-teinte ! s'exclama Aglaé.

— Et lorsqu'on est doublement amoureuse, il n'y a plus de teinte du tout, dit Ginger en gloussant.

— Je ne suis pas doublement amoureuse ! protestai-je. Mauk n'est pas un garçon de confiance.

— Alors, c'est un garçon de méfiance ? demanda Hope qui venait de découvrir le plaisir des jeux de mots.

— Malheureusement, on peut être folle amoureuse

d'un garçon qui n'en vaut pas la peine, ponctua Aglaé. Je n'ai jamais compris comment tout cela fonctionnait. Une chose est certaine. Nous ne maîtrisons jamais nos sentiments amoureux.

— Moi je ne suis pas amoureuse. Comme ça, c'est plus simple, remarqua June.

Margarita expliqua que ma présence en Alvénir lui semblait indispensable parce que «je finissais par connaître beaucoup de monde là-bas».

— En ce qui me concerne, en tout cas, je ne me battrai pas pour me rendre là-bas! s'écria Prudence. Je crois que je n'ai aucune envie de revoir le Diable Vert.

Bien sûr, la curiosité de certaines orphelines qui n'étaient jamais allées en Alvénir les poussa à se proposer pour faire partie de l'expédition, mais Aglaé s'empressa d'interdire le voyage à ces novices des mondes parallèles.

— Il faut une équipe expérimentée, expliqua-t-elle.

Sœur Wilhimina nous rejoignit dans le potager.

— Nous avons besoin des filles pour passer toute l'abbaye au vinaigre, dit-elle.

— Quelle horreur! s'exclama Aglaé. Vous imaginez l'odeur! C'est insupportable.

— L'exorciste est parti. Il a des allures un peu

excentriques, mais je crois qu'il a fait du bon travail. Il nous a conseillé cette purification des murs et des meubles. Le malin déteste le vinaigre.

– N'y a-t-il pas une façon moins odorante de vous rassurer ? demanda Aglaé.

– Nous n'avons pas le choix. Il se peut que le malin revienne si nous ne purifions pas les lieux.

Aglaé planta sa pelle dans la terre et soupira en levant les bras. Elle nous aurait bien évité cette tâche désagréable, mais ne trouvait pas d'argument pour convaincre la religieuse un peu simplette. Il est si difficile de faire entendre raison aux idiots. Toute discussion devient rapidement un dialogue de sourds.

Nous nous dispersâmes dans l'abbaye et l'orphelinat avec de vieux chiffons et des bouteilles de vinaigre blanc.

L'odeur entêtante devint vite insupportable. Nous nous retrouvions tous les quarts d'heure dans le jardin pour prendre l'air. Dawson riait. La séance d'exorcisme lui avait paru « amusante ». Dawson trouvait souvent la vie « amusante ».

– Frottez, les filles. Frottez, chassez donc le mal ! disait-il en nous lançant des clins d'œil complices.

Il rit moins lorsque sœur Ethelred imposa aux malades d'avaler un demi-verre de vinaigre pur. L'exorciste lui avait conseillé cela en guise de traitement. Aglaé et Eulalie s'opposèrent à de telles pratiques.

— Vous allez provoquer de terribles brûlures d'estomac chez ces pauvres enfants ! protesta Eulalie.

— Il faut ce qu'il faut ! dit Ethelred. Nous devons les purifier.

Aglaé finit par s'énerver. Elle dut utiliser le chantage pour dissuader sœur Ethelred.

— Je vais être claire, déclara-t-elle. Soit vous oubliez cette idée de purification sur-le-champ, soit vous ne recevrez plus mon soutien dès le mois prochain.

Ethelred rougit, pas de honte, non, mais d'énervement, de haine rentrée, d'agacement. Elle se retenait de répondre. J'aimais bien la voir dans cette position. J'avais l'impression de me venger par procuration de toutes les humiliations qu'elle m'avait fait subir. J'aurais dû la pardonner, cependant j'éprouvais de moins en moins de culpabilité à savourer le malaise de ceux qui m'avaient blessée.

Lorsque, pour alléger ma conscience, je me confiai à Margarita, elle rétorqua en souriant d'un air diabolique :

— À mon avis, tu devrais boire un demi-verre de vinaigre !

11

L'abbaye et l'orphelinat étaient désormais plus qu'assaisonnés. L'odeur insupportable de vinaigre nous condamna à passer le reste de la journée à l'extérieur. Même les malades furent accompagnées dans le jardin, tant il était impossible de respirer cet air piquant.

Margarita, Ginger, June, Prudence, Eulalie et moi fûmes invitées par Aglaé et Dawson à prendre le goûter dans un petit salon de thé situé non loin d'Abbey Road. Il était tenu par une vieille femme toute maigre et très ridée qui faisait, selon Dawson, les meilleurs gâteaux au chocolat de la région.

Nous nous installâmes dans son jardin parfumé par des centaines de roses, autour d'une petite table bancale en fer forgé blanc. Les pieds des chaises s'enfonçaient dans le gazon et la terre humide, un grand figuier nous procurait un peu d'ombre. Quelques oiseaux sautillaient autour de nous, d'autres sifflaient sans relâche sur les haies bicolores qui délimitaient le lieu.

— Je voulais pouvoir discuter tranquillement, dit Dawson. Et accessoirement déguster une part de gâteau. Lorsque je vivais à l'abbaye, je me payais ce délice une fois par semaine. À l'époque, je ne pouvais même pas y inviter Aglaé! Ça aurait fait jaser les villageois…

Il resta pensif quelques secondes. Aglaé posa la main sur la sienne. Il poursuivit:

— Nous devons prendre une décision importante. Qui va aller chercher l'alchiminott dans le passé d'Alvénir? Et d'ailleurs est-il prudent d'envisager un tel voyage?

— On ne peut tout de même pas laisser nos amies ainsi, dis-je.

— Quoique Louiséjessalyn soient bien plus aimables à présent… remarqua Margarita en riant.

— Margarita, tu devrais avoir honte! s'indigna Aglaé.

— En tout cas, moi je suis obligée de faire partie de l'aventure à nouveau! J'en ai un peu marre de ces allers-retours, grommela Ginger.

Je lui conseillai de profiter de ce voyage pour réparer les erreurs du Diable Vert ou l'empêcher de nuire. Ainsi allait-elle pouvoir se débarrasser enfin de sa voix latine, ainsi n'allait-elle plus traîner derrière elle le fardeau de la méchanceté de ces ancêtres.

— Quoi que je fasse, je serai toujours la petite-fille du Diable Vert, marmonna Ginger. Même si je parvenais à modifier le passé, vous ne changeriez pas d'avis à propos de celui qui a brûlé Prudence ou jeté un sort sur l'orphelinat. Ce qui est arrivé ne s'effacera jamais de nos mémoires.

— Qui sait ? dit Prudence. Moi j'aimerais bien ne jamais avoir été brûlée par cet imbécile.

— Et peut-être même que la recherche d'alchiminott deviendrait inutile si tu parvenais à empêcher Altenhata de chasser Volem d'Alvénir, imagina June.

— Ou si tu le convainquais de ne pas se révolter, suggéra Prudence.

— Mais la révolte est utile, remarquai-je. Les Mogadors ont toujours été opprimés par le peuple d'Alvénir.

Je pensais à Mauk. Évidemment. Je pensais à sa gentillesse, à sa curiosité saine, à ses envies de découvrir d'autres contrées et à tout ce qu'il m'avait appris sur son peuple. Il m'était dorénavant impossible de croire qu'Alvénir était le pays des justes et des bons.

De toute façon un pareil pays ne pouvait pas exister.

Il fut décidé que je partirais en Alvénir avec Ginger et Dawson. Dawson tenait absolument à ce que monseigneur Paine nous accompagne, mais Ginger annonça que sa voix intérieure lui déconseillait ce choix.

— Dawson, j'espère que vous ne vous transformerez pas en nourrisson cette fois, dit Ginger. Parce que dans ce cas on est plus efficaces sans vous.

— Je vais faire des efforts, plaisanta le père de Margarita.

Retourner dans le passé. Cela nous parut soudain bien compliqué. Est-ce qu'Alsima consentirait une fois encore à nous ouvrir la bonne porte ? Nous accordait-elle une reconnaissance éternelle ou nous avait-elle permis un seul voyage pour nous remercier de l'avoir ramenée en Alvénir ? Et puis allions-nous revivre exactement les mêmes instants si nous atterrissions à la même époque ? Dans ce cas, puisque nous connaissions maintenant les raisons de sa transformation, n'était-il pas possible d'empêcher Volem de devenir le Diable Vert ? Tant de questions surgissaient ainsi.

L'arrivée de nos parts de gâteau au chocolat sur la table mit provisoirement fin à notre discussion.

— Je crois que je n'ai jamais mangé un aussi bon goûter ! déclara June.

Ginger avait avalé sa part tellement rapidement que Dawson lui en commanda une autre immédiatement.

– Merci ! dit-elle. Il faut que je prenne des forces pour repartir en Alvénir. On pourrait peut-être emporter du gâteau avec nous...

De retour à l'abbaye, Aglaé nous prépara de petits sacs à dos remplis de toutes les denrées et objets nécessaires à notre escapade, dont une part du savoureux gâteau au chocolat, emballée dans un papier épais. Dawson se moqua d'elle, comme à son habitude.

– Tu as pensé à la lime à ongles et à la crème solaire ? demanda-t-il.

Elle lui frappa le sommet du crâne avec un journal plié en trois. Ils se chamaillaient comme des enfants. J'aimais bien ces instants pleins de vie au sein de l'orphelinat.

Nous étions prêts à partir. Eulalie se dirigea vers les malades qu'on avait installées à l'ombre dans le jardin, en attendant que les effluves vinaigrés s'atténuent. Dawson et Aglaé, eux, cherchaient sœur Alarice pour la prévenir de notre départ. Comment allaient-ils lui annoncer nos plans, alors qu'elle était persuadée que l'exorciste venait de régler tous les problèmes de l'orphelinat, à coups d'incantations et de vinaigre ? Oh ! bien sûr, il restait nos malades à soigner, mais Aglaé était la cause de leur non-guérison puisque c'était elle qui avait « refusé » qu'un demi-verre de vinaigre ne leur soit administré.

Je me dépêchai d'aller prendre un pull dans notre nouvelle chambre et quelques dessous propres au cas où nous resterions plus d'une nuit sur place. J'en profitai pour refermer les portes-fenêtres que nous avions laissées ouvertes pour chasser l'odeur acide. Mais je ne pus retenir un cri de terreur. Le Diable Vert, affublé de nouvelles lunettes de soleil assez excentriques — pourquoi ne pouvait-il pas supporter les rayons de notre soleil, alors qu'en Alvénir il circulait sans se protéger ses yeux ? —, Mauk et trois autres hommes arrivaient sur le chemin du petit bois. Ils se trouvaient à la hauteur du potager et avançaient d'un pas décidé vers l'abbaye.

Je courus plus vite que jamais vers le jardin pour retrouver Dawson et Aglaé. Je me mis à hurler :

— Le Diable Vert est de retour ! Le Diable Vert est de retour !

Margarita et Hope se précipitèrent vers moi.

— Qu'est-ce que tu racontes ? dit la première en souriant.

— Il faut prévenir tes parents, il faut s'enfuir ! poursuivis-je.

Devant mon visage affolé et mes gestes désordonnés, Margarita comprit l'urgence. Je me précipitai au fond du jardin, dans l'espoir d'y retrouver Eulalie, qui gardait les malades, mais elle les avait déjà fait remonter dans le dortoir.

Je fus bientôt aidée par les orphelines vaillantes. Il fallait prévenir nos « bons » adultes et éviter d'insister auprès des autres. En effet, les sœurs venaient de me menacer de me priver de dessert pendant une année entière parce que j'avais crié : « Le Diable Vert est de retour ! » Sœur Ethelred me poursuivait en répétant : « Cessez de prononcer ces mots, Joy, ou vous finirez en enfer ! »

Ginger avait fini par lui dire que la cuisinière la demandait au réfectoire, et nous nous en étions ainsi débarrassées.

Elle se hâtait maintenant à travers le parc. Mais au moment où nous allions frapper à la porte de la chambre de Dawson et d'Aglaé, nous aperçûmes les cinq Mogadors devant l'orphelinat. Ils marchaient d'un pas décidé, comme des guerriers. Le Diable Vert arrêta sœur Ethelred dans sa course, l'attrapa par le voile, puis par le bras.

— Ne t'en va pas, TOI ! dit-il. Tu vas nous faire de

la place ici, rapidement. L'abbaye est à moi. Si tu refuses, j'ai une arme redoutable dans ma poche.

— La poudrrre ? demanda sœur Ethelred en tremblant.

— Tout juste, ma sœur, de l'alchimine. On en a assez pour vous anéantir tous. Mais on a besoin de vous. Alors tu te tiens à carreau, tu fais ce qu'on te demande et tu n'auras pas de problème.

Dawson et Aglaé étaient sortis de leur chambre. Ils s'adressèrent au Diable Vert à distance, de façon à ne pas être poudrés. Mais le Diable était monté sur ressorts. En un bond, il fut à nos côtés. Il avait confié sœur Ethelred à Mauk. Je fixai le garçon avec des yeux furieux. Je voulais qu'il comprenne ma colère et ma peine. Il me sourit. Comment osait-il me sourire ? Pourquoi avait-il un si beau sourire ? Pourquoi lui souris-je en retour ?

— Ça ne va pas bien ! s'exclama Margarita. Tu es possédée par ce type, ce n'est pas possible !

Le Diable Vert tenait une poignée d'alchimine dans la main. Il ordonna à tous les résidents de quitter l'abbaye sur-le-champ afin qu'il y installe ses quartiers généraux.

— Laissez-nous une cuisinière et trois sœurs pour les travaux ménagers, ordonna Volem. Les autres, dehors !

— Nous allons vous faire de la place, assura Dawson posément. Mais comment êtes-vous arrivés ici puisque Ginger est restée avec nous ?

Volem gronda :

— J'avais le droit à un passage, figure-toi ! Une vieille dette, mais tu es trop curieux. Je vais te…

— Nooon ! hurla Aglaé. S'il vous plaît, ne lui jetez pas d'alchimine ! Il peut vous être très utile !

— Tais-toi, TOI ! Arrange-toi plutôt pour que tout soit installé pour nous.

— Serait-il possible que nous restions dans le manoir aujourd'hui, le temps de nous organiser ? Nous avons encore vingt orphelines à guérir et nous n'avons plus d'alchiminott.

— Si vous nous aidez à nous installer ici, je vous aiderai à les soigner, affirma le Diable Vert. Vous devez comprendre que la dictature d'Alvénir est invivable pour les Mogadors. Vous devez vous ranger de notre côté.

— « Dictature » ? s'étonna Aglaé. Je n'avais pas perçu cela ainsi.

— Vous n'êtes pas mogadore.

Deux autres Mogadors, un homme trapu et chauve ainsi qu'un grand type, se postèrent devant les entrées de l'abbaye et de l'orphelinat.

Si quelqu'un essayait de filer sans son autorisation, le Diable Vert nous promettait une vengeance immédiate. La menace de l'arme puissante que constituait l'alchimine nous rendait dociles et dévoués.

Nous restions immobiles, tétanisés par la peur d'être éternellement anéantis par la poudre. Qui pourrait nous rapporter de l'alchiminott si le Diable Vert s'attaquait à nous tous ? Je n'en revenais pas qu'un seul être puisse dominer et maîtriser une cinquantaine de personnes de la sorte. Sans sa magie, il n'était pas grand-chose. Un pauvre amoureux délaissé et frustré, un Mogador brimé, un homme triste, en tout cas. Personne ne souhaitait rejoindre le groupe des malades, personne ne souhaitait non plus condamner ses proches en risquant une évasion. Mauk et les autres Mogadors avaient installé tous les occupants de l'abbaye sur la pelouse, même nos amies malades, dont Eulalie continuait à s'occuper. Elle les assit sur le muret, en prenant soin de les abriter du soleil qui les aurait abruties encore davantage.

Sœur Wilhimina, qui observait la scène entre Dawson, Aglaé et le Diable Vert, fit son signe de croix à plusieurs reprises avant de faire remarquer à sœur Alarice que l'exorciste était sans doute un charlatan.

— Ça ne m'étonne pas, ajouta-t-elle. Il avait des

manières… un peu trop… un peu trop, comment dire ? maniérées.

— Il a pu entrer dans le jardin, mais il ne parviendra pas à mettre les pieds dans nos murs, grogna sœur Ethelred, que Mauk avait fini par relâcher. Qu'il essaie, on va bien rire !

— Pourquoi donc ? demanda Prudence.

— À cause du vinaigre, pardi ! exulta sœur Ethelred.

Elle tremblait. Elle ne croyait pas tout à fait à ce qu'elle racontait.

— Qui sont ces gens qui accompagnent la créature ? me demanda sœur Alarice.

— C'est Mauk ! répondis-je, comme s'il n'existait que lui tout à coup.

Il était resté loin de nous, avec ses amis, mais il ne cessait de me fixer gentiment.

— Mauk ? s'étonna-t-elle. Ça ne veut rien dire.

— Ce sont des Mogadors, précisa Prudence.

— Des Mogadors ? Mais de quoi parlez-vous ? Soyez plus précise, enfin !

Dawson, Aglaé et le Diable Vert s'approchèrent de nous. Dawson expliqua calmement à sœur Alarice que l'abbaye allait être occupée par quelques Mogadors.

— Mogador, Mogador… vous n'avez tous que ce

mot à la bouche ! Mais de quoi parlez-vous, enfin ? réitéra-t-elle.

— Peu importe. Nous sommes contraints de répondre à toutes les demandes du Diable Vert parce qu'il a les poches pleines de poudre d'alchimine. Vous me suivez ? dit Dawson.

— Je vous suis parfaitement.

— Sachez aussi que notre petite Ginger a du sang mogador et que le Diable Vert est son grand-père, ajouta Aglaé.

— Oui, je suis le grand-père de Ginger, confirma le Diable Vert fièrement. D'ailleurs, elle va m'aider à faire passer d'autres Mogadors d'un monde à l'autre.

Sœur Alarice pinçait les lèvres en fixant ses chaussures. Elle vivait un cauchemar. Elle priait sans doute pour qu'on la réveille rapidement.

— D'un monde à l'autre... répéta-t-elle tout bas. Je ne comprends pas tout, mais je suis à votre disposition, sir de Grevelin. Doit-on encore vous appeler ainsi ?

— Non, mon nom est Volem Ratamazaz.

— Monsieur Ratamazaz, je ferai ce que vous demandez. Je dois protéger mes pensionnaires avant tout, dit sœur Alarice d'une voix faible.

Elle était très pâle. Quelques secondes plus tard, elle s'évanouit. On appela Eulalie qui arriva tandis que la nonne reprenait ses esprits. Eulalie fit remarquer qu'il était normal de réagir de la sorte dans des situations angoissantes. Elle lui recommanda de manger quelque chose de sucré et l'aida à s'installer sur une chaise de jardin.

Les adultes s'organisèrent entre eux. Le Diable Vert donnait des ordres. Il avait l'air méchant et tendu, comme d'habitude, mais Dawson ne semblait pas le craindre. J'étais maintenant assise dans les graviers devant l'abbatiale, avec Hope, Margarita, June et Prudence. Ginger se fichait de la présence de son grand-père. Elle jouait toute seule avec un ballon qu'elle lançait contre l'un des murs en pierre. Mauk était toujours debout au milieu du parc. Il attendait que je vienne vers lui. J'essayai de l'ignorer. Je ne devais plus m'intéresser à ce traître.
— Il ne fait que te regarder, me signala Margarita.
— Il n'a qu'à ! répondis-je en croisant les bras.
— En fait, vous êtes tous en mauvaise posture avec cette histoire d'alchimine. C'est une sacrée menace. Heureusement que moi je ne crains pas sa poudre ! Je suis donc la seule à pouvoir agir si tout le monde se retrouve anéanti… dit Prudence.
— À moins qu'il ne t'enferme de nouveau dans un placard.

– Finalement, je me demande si je ne préférerais pas être comme vous, soupira Prudence.

12

L'après-midi s'achevait. Le Diable Vert visitait l'abbaye avec les parents de Margarita. Il donnait des ordres et préparait son installation. Les trois Mogadors se relayaient devant les portes. Ils avaient l'air de moins en moins antipathiques, car ils avaient compris que nous ne pouvions pas nous enfuir.

Le père Phildamon, qui avait passé son après-midi à la sacristie, fut extrêmement surpris de nous retrouver assises à même le sol, devant l'abbatiale. Les Mogadors avaient négligé de visiter l'arrière de l'église. Le prêtre n'avait donc pas été poussé de force dans le jardin comme les autres occupants. Il ne voulait pas croire à notre histoire. Nous lui indiquâmes alors les Mogadors postés devant les entrées. Il se dirigea vers eux et discuta un long moment avec le plus maigre. Puis nous le vîmes traverser le jardin comme une flèche pour s'adresser à Eulalie, qui était retournée auprès des malades et avait commencé à les faire remonter dans le dortoir.

Mauk, qui avait choisi de parler d'abord à Ginger – sans doute parce qu'elle était un peu des leurs –, finit par s'approcher de notre groupe.

– Je sais que vous m'en voulez très fort, dit-il.

Personne ne lui répondit. Il se tenait à contre-jour devant nous. Nous plissions les yeux pour le regarder.

– J'ai fait tout ça pour revenir ici.

– N'importe quoi ! m'exclamai-je. Tu nous as trompées, voilà tout. Tu es un menteur.

– Si tu n'as pas choisi de rentrer dans le passé à temps, tu ne vas plus jamais revoir ta famille alors ? s'alarma June. On est orphelins de la même façon tous les deux. On a encore des parents, mais on ne les reverra plus jamais… (Elle hésita.) Tu ne les aimais pas, tes parents ?

– Si.

– Alors tu es dingue d'être resté à notre époque ! affirma June.

– Peut-être. Je sentais que j'allais m'ennuyer si je retournais chez moi. Ça ressemblerait à la vie de mon père, révolté chez les Mogadors, ou à celle de ma mère, soumise en Alvénir. Mais ce ne serait jamais la mienne. Je voulais découvrir le monde. J'ai découvert l'avenir. C'est encore mieux. Et puis j'ai surtout rencontré Joy...

Je tournai la tête vers l'entrée de l'abbaye. Je sentais que Mauk essayait de me plaire à nouveau. Je ne devais pas me laisser faire. Je devais être forte, ne pas céder à son charme une nouvelle fois. Ne pas le regarder, ne pas le regarder, me répétai-je.

Ginger nous rejoignit.

— Qu'est-ce qu'il vient faire ici, le Diable Vert ? demanda-t-elle à Mauk.

— Il essaie de protéger notre peuple. Ici, nous sommes à l'abri. En fait, il réquisitionne l'abbaye pour la bonne cause. La plupart des Mogadors veulent quitter leur pays.

— Mais les Mogadors ne peuvent tout de même pas résider dans notre monde ! se révolta-t-elle.

Prudence lui fit remarquer que son père était lui-même à moitié mogador et qu'il avait habité ici.

— Je ne vais pas m'amuser à faire passer tous les Mogadors d'un monde à l'autre. Pour qui me prend-il, ce vieux machin ? protesta Ginger, qui ne semblait pas craindre le Diable Vert.

— Tu n'as pas vraiment le choix. Si tu refuses, Volem va utiliser sa poudre sur nous ! dit June.

— On n'a qu'à lui voler sa poudre, suggéra Ginger.

— C'est un sorcier. Il a déjà failli me tuer avec sa brûlure. Il saura trouver d'autres façons de nous nuire, rétorqua Prudence.

Mauk ne me quittait pas des yeux. Je continuais à l'ignorer. Il semblait qu'il était bel et bien là pour moi. Il ne s'intéressait que très peu au destin des Mogadors, finalement. Margarita me dit tout bas :

— Tu vas avoir du mal à te débarrasser de ton pot de colle. Il a l'air fou de toi.

Je me sentais à la fois flattée par l'envie que je devinais dans le ton de mon amie et agacée par l'attitude de Mauk. Je savais que je ne pouvais pas lui faire confiance et qu'il n'engendrait, en fait, que des déceptions.

— Mais non ! Il se moque de nous. C'est tout, répondis-je tout bas.

Le père Phildamon revint accompagné par les parents de Margarita et le Diable Vert. Il régnait une ambiance étrangement calme dans le jardin. Qui aurait pu soupçonner que l'abbaye était en train d'être réquisitionnée par un Diable et des Mogadors ? Personne ne s'affolait, la vie continuait. Nous avions peur, certes, mais nous connaissions déjà cette peur. Elle devenait supportable. Il s'agissait presque d'une fatalité. Nous étions devenus les pions du Diable Vert. Il fallait composer avec sa tyrannie, sa magie, ses envies. Nous n'avions pas le choix. Même Ginger, la rebelle, la plus libre de nous toutes, se retrouvait piégée par les menaces de son aïeul. Pour nous éviter des souffrances, elle devait accepter de l'aider.

Les trois amis de Mauk et du Diable Vert s'étaient assis devant les portes. Ils allaient et venaient, s'ennuyaient visiblement. Ils s'échangeaient régulièrement les deux postes de garde et bavardaient entre eux. Une douzaine d'orphelines jouaient sur la pelouse. Des sœurs, installées au frais sous les voûtes de pierre du couloir extérieur de l'abbaye, lisaient des livres de prières, embrassaient leurs chapelets, joignaient leurs mains l'une contre l'autre dans l'espoir de pouvoir joindre par la pensée leur fiancé commun. N'était-ce pas curieux de les voir ainsi s'amouracher de la sorte du même homme ? Elles lui consacraient leurs vies, elles lui offraient leurs cœurs, leurs corps lui appartenaient alors qu'elles ne pourraient jamais le tenir dans leurs bras. Aujourd'hui, elles lui demandaient de venir nous délivrer du mal. Elles y croyaient, elles priaient sans relâche. J'avais un peu pitié d'elles. Elles attendaient tant de l'extérieur mais en réalité si peu d'elles-mêmes.

— Qu'est-ce que vous comptez faire ici tous les cinq ? demanda Ginger à Mauk.

Elle lui reprocha de s'être installé chez nous, de

nous prendre notre nourriture et nos lits. Cela ne pouvait pas se prolonger éternellement.

— En fait, je ne sais pas trop ce qui va se passer. Et c'est ce qui me plaît, d'ailleurs, répondit Mauk.

— Il va bien falloir que tu gagnes ta vie si tes parents ne sont plus là pour t'aider, dit très sérieusement Margarita.

Je n'aimais pas sa voix grave lorsqu'elle se prenait tout à coup pour une adulte. C'était ridicule. Où avait-elle appris que les femmes devaient abandonner leurs aigus pour être entendues ? Aglaé avait pourtant une voix mélodieuse en toutes circonstances. Elle n'avait certainement pas influencé Margarita à ce sujet.

— J'espère que vous m'aiderez à trouver du travail, mais je ne sais pas faire grand-chose, avoua Mauk.

June s'étonna que le garçon avance ainsi sans savoir où il allait.

— Je m'amuse et j'en profite pour aider mon peuple. C'est déjà un bon programme, non ? nous dit-il.

Décidément, je ne savais tomber amoureuse que de curieux garçons. Ni Mauk ni Alonn ne me convenaient vraiment, mais c'était sans doute ce qui m'attirait chez eux. J'aimais la différence, l'étrangeté. L'incompréhension, l'impossibilité de communiquer me poussaient à devenir meilleure, à voir le monde sous un autre angle, à réfléchir sur la justesse, la vérité, la réalité des choses. Je devais aimer avoir l'esprit chamboulé. Je recherchais la houle. Cela me plaisait de tout remettre en question, d'évoluer, de changer. Ces deux garçons, chacun à sa façon, m'avaient déjà fait grandir et comprendre ce qui m'importait vraiment. Grâce à eux et grâce aussi à mes voyages en Alvénir, je me sentais de plus en plus déterminée, plus moi-même qu'avant. Oh ! bien sûr, j'aurais peut-être pu me contenter de me confronter simplement à ces êtres sans les aimer pour autant, mais je ne maîtrisais pas plus les battements de mon cœur que ses décisions. Je tombais amoureuse malgré moi. Est-ce qu'on pouvait choisir l'amour, d'ailleurs ? Il s'agissait à chaque fois d'une fléchette que l'on recevait par surprise et dont il fallait s'accommoder coûte que coûte.

Aglaé s'approcha de notre groupe. Elle salua Mauk poliment. Seule l'amnésie avait su un jour lui faire perdre ses bonnes manières. Elle nous résuma la situation. Dawson avait obtenu que nous puissions toutes rester ici. Les sœurs, elles, allaient libérer leurs chambres et leurs bureaux dans l'abbaye pour les laisser aux Mogadors. Par conséquent, elles venaient s'installer avec nous dans l'orphelinat. Le Diable Vert se moquait du manque de lits dans le manoir, il tenait à récupérer leurs chambres telles quelles et refusait qu'elles emportent un seul matelas.

Nous dûmes rapatrier nos lits dans le dortoir. La pièce fut cloisonnée par des paravents. D'un côté les malades, de l'autre les vaillantes. Nous étions épuisées par ces multiples déménagements dans les escaliers.

On vit passer et repasser les sœurs, les bras chargés de leurs effets personnels. Elles semblaient toutes très contrariées. Certaines d'entre elles parlaient toutes seules… ou à Dieu. Il était souvent compliqué de faire la différence. Elles se dispersèrent dans plusieurs pièces de notre manoir : la bibliothèque des enfants, le salon, qui n'avait jamais servi à autre chose qu'à abriter une grande plante dont les lianes couraient au-dessus des meubles, le bureau habituellement utilisé par Ethelred, deux chambres mansardées et des dépotoirs pour les petits meubles, tabourets et chaises cassés. Plus d'une fois, nous avions visité le manoir en cachette bien que les sœurs nous interdisent de « traîner » au dernier étage. Elles n'aimaient pas notre curiosité, en général. « Sans la curiosité de Margarita et de Prudence, nous n'aurions pas découvert le monde d'Alvénir et nous n'aurions pas été dans cette situation aujourd'hui », répétait sœur Mathilda, la comptable de l'abbaye. Notre curiosité ne nous avait apporté, selon elle, que des problèmes.

— Ginger a tout de même appris beaucoup de choses positives à son sujet, remarqua June.

Nous étions en train d'aider deux sœurs à installer des couvertures à même le sol en guise de matelas.

— Comme si elle avait besoin de ça, en plus ! Déjà qu'elle ne tourne pas très rond, répondit sœur Wilhimina.

Au même moment, sœur Alarice et sœur Ethelred s'octroyaient deux lits du dortoir.

Eulalie se révolta.

— Mais où vont dormir mes malades, alors ?

— Sur des couvertures ! dit Ethelred sèchement. La jeunesse n'a pas besoin de confort.

— Et la vieillesse aurait besoin de faire des efforts. Un peu d'humanité, que diable ! pesta Eulalie.

— Oh ! s'écria Ethelred en plaçant la main sur sa bouche.

Eulalie avait prononcé le mot interdit.

— Voyez quel exemple vous donnez aux enfants ! se révolta sœur Ethelred.

— Voyez vous-même ! s'énerva Eulalie. Personne ne devrait vous ressembler.

J'avais du mal à croire qu'une sœur puisse répondre de la sorte. Mais Ethelred méritait tant ces mots ! Jamais Eulalie n'oubliait de prendre le parti des enfants. Elle me rassurait énormément.

Ethelred, elle, ne l'avait jamais appréciée. Trop libre, trop « fantasque », trop jolie, trop aimée des orphelines. Et puis elle s'autorisait à dire d'Eulalie tout ce qu'elle n'aurait jamais osé dire d'Aglaé, sa sœur, notre bienfaitrice avant tout. En sa présence, elle modérait tous ses propos, de peur qu'Aglaé ne se fâche, mais dès qu'Eulalie se retrouvait seule en face d'elle, elle cherchait chez elle toutes les raisons de la critiquer. Ethelred n'avait jamais été un bon modèle, elle n'avait pas le courage de ses opinions face aux plus puissants. Elle considérait Eulalie comme une « jeune sœur » et, comme de nombreuses personnes aux pensées étriquées, elle était persuadée que les jeunes avaient tout à apprendre des vieux. Par conséquent, ils leur étaient inférieurs. Pour moi, ce pouvoir de l'âge était devenu, à cause des sœurs, celui des faibles.

13

Pendant le dîner dans le réfectoire, malgré les sourires incessants de Mauk, la présence des cinq Mogadors et les menaces du Diable Vert tétanisaient les tablées entières.

Dawson continuait à interroger Volem. Il voulait comprendre ce que les Mogadors envisageaient de faire de ce côté du bois magique. Nous nous posions tous cette question, hormis quelques sœurs qui refusaient de croire à l'existence d'autres mondes et se laissaient porter dans cette histoire comme des nourrissons impotents, tant il leur était difficile de comprendre ce que nous vivions. Elles étaient quatre dans ce cas. Elles avaient tout essayé : les signes de croix, les prières, les chants. Elles crurent bon de suivre les conseils de l'exorciste et avalèrent chacune un fond de verre de vinaigre, en se bouchant le nez.

— Au moins, ainsi, nous serons protégées, dirent-elles.

Nous les vîmes grimacer pendant le reste du repas. Les brûlures gastriques semblaient insupportables. Sœur Mathilda fut prise d'une surprenante crise de bravoure. Le vinaigre avait donc des effets imprévisibles ou peut-être venait-elle de recevoir du ciel la mission d'éliminer le Diable Vert. Elle avait le regard vengeur, la démarche décidée et la bouteille de vinaigre dans la main.

– Le mal ne s'installera pas chez nous ! hurla-t-elle en se précipitant sur Volem.

Aglaé voulut retenir la sœur dans ses élans, mais n'eut pas vraiment le temps de crier que le Diable Vert avait recouvert la sœur de poudre. Elle resta à côté de la table, tout abasourdie. Très vite ses yeux perdirent leur lueur, sa bouche s'entrouvrit, elle était ailleurs.

Volem réclama des vêtements propres et secs, mais les habits d'homme étaient rares dans l'abbaye. Les sœurs proposèrent au Diable de retourner dans sa maison de jardinier, où il vivait il y a encore si peu de temps, pour prendre une chemise et un pantalon. Ginger dit que nous n'avions pu trouver là-bas qu'une chaussette sale. Son grand-père nous assura que nous n'avions pas su chercher et confia à Mauk la mission de lui rapporter du linge.

– Tout est rangé dans le placard de la cuisine ! lança-t-il au jeune Mogador.

– Je suppose qu'on trouve du pain dans la commode de ta chambre, rétorqua Mauk en riant.

Mauk était familier avec Volem. Il l'avait connu à deux époques, à deux âges, même si le temps n'avait pas modifié le physique de l'homme. Pour lui, Volem n'était pas un diable, mais un ami proche de son père. Il faisait quasiment partie de son cercle familial. Mauk ne le craignait pas. En fait, il n'avait jamais peur de rien. Je l'enviais et je l'admirais. Mais non ! Je ne devais ni l'envier ni l'admirer. Je devais l'ignorer, le repousser, le détester pour ce qu'il nous avait fait. Ou tout au moins, ne pas l'aimer. Ne pas l'aimer, cela paraissait plus simple. Il me suffisait de lui trouver plus de défauts que de qualités, de me convaincre qu'il était inintéressant, profiteur, opportuniste, menteur… Je n'y arrivais pas. Mauk m'aimantait. J'avais besoin de sa proximité et de sa protection. Même s'il nous avait prouvé, ces jours derniers, qu'il n'était pas fiable et qu'on ne pouvait pas lui faire confiance, j'avais l'impression que je m'éviterais des ennuis en me tenant contre lui. Je me laissais prendre au piège de son charme mogador. Étaient-ce seulement ses différences qui m'attiraient de la sorte ? Était-ce la certitude de trouver en lui ce que je ne pourrais jamais découvrir seule : l'histoire d'un autre peuple, d'un autre monde, l'étrangeté, la nouveauté, la vie sans mes peurs, une nouvelle liberté et cet égoïsme agaçant qui me manquait certainement pour pouvoir agir en pensant à moi plus qu'aux autres ?

Mauk se leva et vint s'installer à mes côtés. Il me tendit la main.

— Tu me montres le chemin ? Je ne sais pas où se trouve la maison du jardinier, dit-il très fort afin que Volem l'entende.

— Ouh là là ! marmonna Prudence. Méfie-toi, Joy, méfie-toi ! C'est lui le Diable, en fait.

J'hésitai, mais comme Volem s'énervait dans ses vêtements mouillés, sœur Alarice m'ordonna d'accompagner Mauk et de faire vite.

Je cherchai le regard approbateur de Dawson. Je voulais m'assurer que je n'étais pas en train de faire une bêtise. Il me fit un clin d'œil en dirigeant son menton vers la porte de sortie du réfectoire. Je suivis donc Mauk en baissant la tête. Je savais bien que je ne l'accompagnais pas uniquement pour l'aider à rapporter des vêtements à Volem, je savais que je fonçais dans la gueule du loup et qu'il pouvait me manger quand bon lui semblerait. Ce loup-là m'aurait si bien mangée…

— On ne revient pas en arrière. N'oublie pas que

tu ne l'aimes plus ! me glissa discrètement Margarita au moment où nous passâmes devant elle.

June ajouta en souriant :

— Sinon je vais le dire à Alonn !

Toutes celles qui me connaissaient bien semblaient avoir deviné ce qui était en train de me traverser la tête, malgré moi. Je savais que le destin de toutes les pensionnaires était entre les mains des Mogadors, et qu'il fallait avant tout répondre aux ordres de Volem, mais rien ne m'empêchait de rester l'amie de Mauk. J'allais ainsi parvenir à le faire changer d'avis et empêcher, peut-être, l'invasion de l'abbaye par les Mogadors. Je préférai cependant écouter les conseils de Margarita : ne pas revenir en arrière. Je m'obstinai donc à négliger Mauk. Dès que nous nous retrouvâmes seuls dans le parc, il se rapprocha de moi et me prit par la taille.

— Tu m'as manqué, avoua-t-il. Tu ne m'en veux plus ?

Je ne répondis pas et tentai de m'éloigner de lui. J'avançai d'un pas assuré et nerveux vers la maison du jardinier.

— Voilà, c'est là ! fis-je en ouvrant la porte. Bouche-toi le nez, ça ne sent pas bon. Ton copain est un cochon.

— Volem n'est pas mon ami. C'est juste celui de mon père.

Je filai dans la cuisine et ouvris le placard où étaient effectivement empilés quelques vêtements.

— Qu'est-ce que tu fais avec lui aujourd'hui, alors ? Tu es un traître.

— Tu m'en veux encore, c'est clair.

— Je ne vois pas pourquoi j'aurais changé d'avis.

— Parce que tu aurais réfléchi...

J'avais réfléchi. Je comprenais la révolte des Mogadors. Je comprenais leurs difficultés, leurs aspirations, leur désir d'indépendance. Je savais que le gouvernement d'Alvénir n'était pas toujours juste et que les sources sacrées du pays Mogador constituaient sans doute des richesses dont les habitants d'Alvénir avaient bien plus besoin qu'ils ne le prétendaient. Je commençais à saisir précisément ce qui motivait les uns, ce qui révoltait les autres, mais tout cela ne m'empêchait pas de me sentir vexée par l'attitude de Mauk à mon égard. On aurait dit qu'il jouait avec moi en permanence. Il pensait qu'il me taquinait alors que je percevais ses amusements comme des provocations, des trahisons intolérables. Nous n'avions pas la même idée de l'amitié ni de l'amour. Pourtant je l'aimais. Il n'avait pas reçu la même éducation. J'avais tendance à oublier que nous vivions chacun dans un monde différent, une réalité différente. Mauk pensait à son bonheur et à son confort avant tout. Par égoïsme, sans doute. Cependant, comme ses parents et ses amis semblaient conçus sur le même modèle, je n'aurais pas dû lui en vouloir d'être finalement un garçon « normal » pour son entourage. Mais je l'aimais sans doute un peu trop pour accepter ses dissemblances avec sagesse. J'aurais rêvé qu'il soit un peu plus comme moi, qu'il comprenne ma douleur, qu'il soit un alter ego, un compagnon proche, un confident… Je réalisais que nous nous connaissions depuis peu de temps et qu'il m'était impensable d'attendre qu'un garçon venant d'une autre époque et d'un autre monde partage mes valeurs et mes secrets. Il m'était pourtant impossible de ne pas lui en vouloir. Il se fichait de tout, riait de tout, traversait la vie comme un papillon joyeux. Cette désinvolture m'exaspérait. Margarita m'avait appris une certaine forme de sérieux. Je me sentais responsable des autres, utile et impliquée dans les affaires de l'abbaye, tandis que Mauk, lui, prétendait aider son peuple en s'amusant. Cela me paraissait impossible et méprisant. Les sœurs nous imposaient de ne réserver nos plaisanteries qu'à nos amies, dans la cour de récréation. Le reste du temps, nous devions rester sérieuses pour éviter de manquer de respect à notre prochain. La moindre légèreté dans nos attitudes passait rapidement pour de l'insolence ou de la provocation. En cela, Mauk était un garçon extrêmement provocant. C'était aussi ce qui me plaisait chez lui. Ce qui m'agaçait m'attirait souvent. Plus je grandissais et plus je me trouvais compliquée.

— Allez, Joy ! Arrête de faire la tête ! Tu comprendras un jour que j'avais raison.

Il me fixait de ses yeux doux et joyeux. Il ouvrit ses bras pour que je m'y blottisse. Je reculai d'un pas. Je bafouillai :

— Le Diable Vert va s'impatienter, il faut... il faut lui rapporter ses habits maintenant.

Mauk attendait, l'air confiant.

— Allez, Joy ! Je suis venu ici pour te retrouver...

— Tu es venu ici pour aider Volem ! protestai-je. Tu m'as menti, tu nous as enfermées chez Alilam, tu m'as trahie !

Mauk inspira bruyamment par le nez et leva les yeux au ciel.

— Excuse-moi si j'ai fait des choses qui t'ont blessée.

J'étais touchée par sa réponse, il avait l'air sincère, mais ces derniers jours m'avaient appris à ne plus faire confiance à personne. Je pensais à mes amies enfermées dans le réfectoire avec le Diable Vert. Je me dis que ma vie, mon avenir étaient ici, près d'Appleton, et que Mauk venait tout compliquer.

De plus, la maison du jardinier sentait toujours le soufre et d'autres odeurs moins reconnaissables, mais tout aussi nauséabondes. Cela ne m'incitait pas à tomber dans les bras de Mauk. J'avais envie de déguerpir. Je comprenais pourquoi Dawson avait préféré s'installer avec Aglaé dans l'abbaye plutôt que dans son ancienne maison.

Je me retrouvai donc rapidement dans le jardin, serrant contre moi les vêtements propres de Volem. Je disais ainsi à Mauk qu'il m'était impossible d'ouvrir les bras à mon tour, que notre mission était plus importante que ses jeux amoureux. Il m'imita en riant. Il marchait à côté de moi, d'un pas décidé, en serrant des vêtements imaginaires contre lui.

— Tu détestes Volem et tu réponds à ses ordres au doigt et à l'œil. Tu n'es pas aussi libre que ce que je pensais.

— Non, je ne suis pas libre ! Ça serait bien que tu le comprennes, grommelai-je.

— Tu veux dire que tu en aimes un autre ?

Je respirai bruyamment, exaspérée. Je sentis mes pommettes se colorer. J'avançai plus vite pour éviter que Mauk ne devine ma gêne. Soudain, un brouillard familier s'abattit sur nous. L'air devint glacé. Des papillons verts dansaient au centre du nuage.

— Il ne manquait plus que ça ! bougonnai-je avant même que la Grande Chouette n'ait pris forme devant nous.

— Tu devais guérir mon Almour ! dit-elle en apparaissant.

Mauk paraissait surpris.

— Je croyais que vous n'aviez aucun pouvoir dans notre monde, claironnai-je avec un aplomb qui m'étonna. Or cela fait deux fois que vous venez me chercher. Mais je vous assure que là, ce n'est pas le moment ! Le Diable Vert a pris possession de l'abbaye.

— Parfait, qu'il y reste ! s'écria-t-elle. Tout ce qu'il fait chez vous, il ne le fait pas chez moi.

— Mais vous n'êtes pas si bonne que ce que l'on prétend en Alvénir ! m'exclamai-je.

— Ah ! enfin, tu vas commencer à comprendre les Mogadors ! se réjouit Mauk.

Les pouvoirs de la Grande Chouette étaient limités chez nous. Elle pouvait venir chercher des personnes utiles à la bonne marche du pays trois fois par siècle uniquement. Elle me fit remarquer que je devais être flattée qu'elle ait déjà fait deux fois le voyage pour moi. Cela prouvait que j'étais très importante pour eux.

— Je m'en fiche.

Mauk m'applaudit discrètement. Il avait l'air fier de moi.

La Grande Chouette, qui détestait discuter, n'attendit pas une seconde de plus pour me faire voyager avec elle dans son nuage glacé. Nous atterrîmes au Palais. Je regardai autour de moi. Mauk avait disparu.

— Où est Mauk ? demandai-je.

— Je m'en fiche, répondit la Grande Chouette en imitant ma voix. Je vais être claire. Si je tiens absolument à sauver Alonn, c'est parce qu'il a des pouvoirs particuliers et rares.

— Ce n'est qu'un Almour…

— C'est plus que ça. Il a plus de valeur pour notre gouvernement que les autres Almours.

— Vous inventeriez n'importe quoi !

— Alonn est le fils d'Alpagos.

Je réfléchis quelques instants.

— Et alors ? Pour moi, Alpagos est un type qui s'ennuie dans son palais et qui s'amuse à faire calambrer les gens dans son théâtre privé.

Mais j'appris qu'Alpagos était bien plus que ça. C'était le Rouvineur d'Alvénir : il avait donc pour mission de gérer les échanges avec le pays Mogador.

J'étais ravie d'apprendre enfin le sens du mot

« Rouvineur ». Tout s'explique un jour, me dis-je. Il suffit sans doute d'être patient et pugnace. Je fis remarquer à la Chouette que le mot « échange » ne correspondait pas réellement à la situation. Les Mogadors avaient besoin des fruits, légumes et céréales d'Alvénir puisque rien de tout cela ne poussait sur leurs terres, et Alpagos était une sorte de ministre de l'industrie agroalimentaire qui s'était enrichi grâce à ses ventes et exportations. Soudain je m'expliquai mieux le faste de son palais.

— Qui est la mère d'Alonn ? demandai-je.

— Cette question n'a pas d'intérêt, dit-elle sèchement.

— Vous parlez comme Alfébor.

— C'est normal, c'est un cousin.

Je sentais que la Grande Chouette me cachait des choses importantes, mais elle avait toujours le dernier mot, et ce pouvoir m'exaspérait. Cela me rappelait trop les sœurs. Et les adultes, en général.

Je ne parvenais pas à comprendre comment une femme de pouvoir comme la Grande Chouette pouvait s'obstiner de la sorte à me demander de soigner Alonn. Comment était-il possible qu'elle n'ait pas déjà trouvé un remède magique pour le guérir ? Il existait tant de sorts, de magiciens, de sorciers en Alvénir. Pourquoi étais-je la seule à pouvoir régler son problème, alors que dans ce pays tout était programmé pour bien finir ? Les épreuves, les quêtes, les embûches… tout cela faisait partie de plans destinés à nous faire grandir, réfléchir, évoluer, et nous pouvions être certains de sortir victorieux de nos entreprises. La Grande Chouette me semblait soudain moins puissante ou peut-être la mission qu'elle s'obstinait à m'imposer faisait-elle partie également de ces inévitables « plans de maturation » que nous imposait Alvénir. Ce besoin de ne pas perdre « un Almour » était sans doute plus une envie personnelle qu'une nécessité pour le gouvernement d'Alvénir.

— Je ne vous dois rien, dis-je.

J'étais fatiguée et je ne réfléchis pas à l'impolitesse de mon propos.

— Comment cela ? s'étonna la Grande Chouette, l'air déstabilisée.

— Vous êtes comme le Diable Vert finalement, vous maîtrisez les gens par le chantage et la menace. Nous avons peur que vous ne nous kidnappiez comme vous avez kidnappé Eulalie. Nous avons peur de vous parce que vous avez décidé que vous êtes le chef, mais en quel honneur faites-vous tout cela ? Pourquoi pensez-vous que je suis sous vos ordres ? Qu'est-ce qui vous rend plus forte que moi, à part la terreur que vous faites régner autour de vous ?

Vous me commandez, alors que je ne fais même pas partie de votre monde. D'ailleurs, si c'était le cas, je n'apprécierais pas ce type de gouvernement.

— Je ne suis pas comme le Diable Vert, répondit calmement la Grande Chouette.

Pendant un instant, j'imaginai que je m'étais trompée. Effectivement, cette femme ne s'emportait pas. Elle avait même l'air de s'intéresser à mes propos. Mais il faut toujours se méfier des gens trop calmes et trop gentils. La présidente me conduisit en silence devant les appartements des Almours et me dit :

— Cette fois-ci, je vais veiller sur toi de très près. Et tu ne repartiras pas tant que tu n'auras pas guéri mon Almour.

— Il n'est pas à vous, rétorquai-je, furieuse. Et non, effectivement vous ne ressemblez pas au Diable Vert. Vous êtes pire.

14

— Aljo me préviendra si jamais tu essaies de t'enfuir, m'avertit la Grande Chouette.

Une créature mi-homme, mi-bête, avec une tête porcine et deux bois semblables à ceux d'un jeune cerf se présenta devant moi. Le petit être au regard idiot avait cinq médailles épinglées de travers sur la veste cintrée qui faisait ressortir son gros ventre. Je refusai de lui adresser la parole. J'ignorais d'ailleurs s'il savait parler. La Grande Chouette s'éloigna. Je me dirigeai vers la porte d'Alonn. Aljo me suivait de très près, cognant de temps en temps ses cornes sur mes épaules et s'excusant aussitôt.

— Ah ! tu parles, alors ! remarquai-je. Tu peux éviter de me coller comme ça, s'il te plaît ?

— Je ne dois pas te lâcher une seconde. La Grande Chouette me l'a ordonné.

— Tu pourrais refuser de l'écouter, non ?

Il me fixa de ses petits yeux porcins.

— Je ne comprends pas.

Je soupirai.

— C'est normal, tu vis en Alvénir. On ne se pose pas ce genre de questions ici.

Il ne recula pas et continua à me bousculer avec ses jeunes bois.

Je frappai à la porte de la chambre d'Alonn. Aljo se plaça à côté de moi. Il m'encombrait de plus en plus.

— Tu peux m'attendre ici, demandai-je. Je ne crois pas que ce soit une bonne idée que tu viennes avec moi.

Il fixait la porte. Il n'avait pas l'air de m'entendre, mais d'appliquer bêtement des consignes. Comme Alonn ne répondait pas, je m'autorisai à entrer.

L'Almour dormait. Il respirait vite, tel un être fiévreux. Je touchai son front. Il ne réagit pas.

— Il a la maladie d'Almour, m'expliqua Aljo.

— Je suis au courant, merci, dis-je, agacée. Au cas où tu ne le saurais pas, je suis ici pour le guérir.

— Ah oui ! Ah oui ! Parbleu, c'est extrêmement juste.

Il avait un curieux vocabulaire et une curieuse voix plus animale qu'humaine. Il couinait lorsqu'il reprenait son souffle. Cela finit par réveiller Alonn, qui sursauta en apercevant Aljo. Heureusement, il s'apaisa dès qu'il me reconnut. Il me tendit sa longue main faible. Je m'assis à côté de lui. Il se redressa et plongea le visage dans mon cou.

– Joy ! Tu arrives trop tard, malheureusement. Je crois que je vais finir.

– Tu vas finir quoi ?

– Il veut dire qu'il va mourir ! précisa Aljo.

– Ce n'est pas possible, je suis revenue ! Tu vas t'en sortir maintenant ! dis-je.

Je sentis des larmes remplir mes yeux. J'en avais tellement assez d'être promenée d'un monde à l'autre, de ne pouvoir aider personne, d'être trahie, utilisée, kidnappée. Car finalement tout cela ne servait à rien, si ce n'était à me faire découvrir la vie sous toutes ses facettes d'une façon accélérée. Mais j'aurais pu prendre mon temps pour découvrir le monde, les mondes, les gens, l'amour, les êtres humains. Pourquoi fallait-il que tout se précipite désormais sans pour autant améliorer la vie de qui que ce soit ?

Aljo refusait de me laisser tranquille. Je trouvais cela insupportable de ne pouvoir m'adresser à Alonn qu'en sa présence.

– Va m'attendre dehors, lui ordonnai-je.

– Pas le droit, fit-il.

Il tenta de s'asseoir à côté de moi. Il était trop

petit. Ses fesses n'arrivaient pas à la hauteur du matelas. Il gigotait tant qu'il me heurta la joue avec ses bois.

— Tu ne peux pas faire attention, non ? dis-je en m'énervant.

— Désolé, les bois, c'est nouveau pour moi ! Je suis encore jeune.

Je lui conseillai de se placer devant la porte, ainsi il me ficherait partiellement la paix, tout en s'assurant de ne pas me laisser filer. Il refusa, prétextant qu'une surveillance « rapprochée » ne pouvait le conduire à plus d'un pas de moi.

— Il est trop tard, maintenant. Trop tard, répétait Alonn.

Je n'avais jamais vu personne mourir, mais je ne pus m'empêcher de repenser aux heures difficiles de Prudence lorsque les sœurs nous avaient annoncé qu'elle vivait ses derniers instants. J'avais peur, je me sentais inutile malgré le rôle de guérisseuse que m'avait attribué la Grande Chouette. Tant qu'Alonn était en vie, je gardais pourtant l'espoir.

Depuis que j'avais rencontré mes parents sur leur île, je n'avais plus les mêmes idées sur la mort. Le paradis, le ciel, l'enfer et tout ce que nous avaient enseigné les sœurs s'avéraient assurément d'étranges inventions. Personne ne m'avait parlé d'île comme celle sur laquelle vivaient mes parents. Je devrais dire « se trouvaient » mes parents. Ni le verbe « vivre » ni le verbe « être » ne leur convenait désormais. Pourtant ils existaient physiquement quelque part. Je devais être une des seules filles au monde à porter une écharpe tricotée par une morte. J'étais certaine que Maman avait fait cela pour que je comprenne et que j'explique autour de moi que la vie ne s'arrêtait pas forcément comme on nous l'avait appris. Les morts ne devenaient pas des « âmes » ou des esprits s'ennuyant pour l'éternité dans un paradis blanc. J'essayais d'imaginer leurs journées sur cette île. Il n'y avait personne d'autre qu'eux. Comment faisaient-ils leurs courses ? Que mangeaient-ils ? Où Maman avait-elle bien pu acheter de la laine pour me tricoter mon écharpe ? J'aurais tellement aimé rester plus longtemps avec eux, comprendre les lois et le fonctionnement du lieu étrange où je les avais retrouvés. Mais pour des raisons inconnues, les êtres humains ne doivent pas savoir ce qui se passe après la mort. J'étais déjà très privilégiée d'avoir pu visiter un coin verdoyant de l'au-delà.

– Hum ! je crois que votre ami a fini, fini… constata Aljo, me sortant ainsi brutalement de mes rêveries.

Alonn s'était éteint en me serrant contre lui. Il ne

respirait plus, sa tête pesait très lourd dans le creux de mon cou. Je l'allongeai avec l'espoir de le ranimer. Je secouai sa main chaude et molle, je lui tapotai les joues. Je paniquai. Je posai la tête sur sa cage thoracique. Son cœur ne battait plus. Qui sait si les Almours ont un cœur, me dis-je. Aljo me regardait faire. Il souleva la paupière d'Alonn.

— Ah oui ! s'exclama-t-il. C'est certain, il a fini pour de vrai. Ses iris sont devenus tout blancs. C'est le signe. C'est ce que la Grande Chouette m'a expliqué : « Tant que ses yeux restent violets, tout va bien. Si ce n'est pas le cas, venez me prévenir. » La Grande Chouette ne va pas être contente. Mais enfin, vous, ça vous libère finalement... et moi aussi ! C'est un soulagement, non ?

— Non ! répliquai-je en sanglotant.

Je me penchai sur le visage d'Alonn et l'embrassai sur les lèvres. Je donnais mon premier baiser d'amour à un garçon. Je donnais mon premier baiser d'amour à un mort. Quelle expérience troublante ! Sa bouche était douce et moelleuse comme une guimauve, et j'avais du mal à mettre fin à ce rapprochement.

— Hum ! bon, ben, je dois y aller ! dit Aljo.

Je ne lui répondis pas. Je restai contre Alonn, mes larmes coulèrent sur son visage. Aljo claqua la porte et j'eus alors la sensation qu'Alonn avait sursauté.

Je me redressai immédiatement et vis la paupière gauche de l'Almour trembler.

— Tu m'aimes ! dit-il d'une voix très douce. Ton amour vient de me sauver.

Je repris mes esprits. J'avais l'impression qu'Alonn s'était moqué de moi, qu'il avait joué au mort pour connaître mes véritables sentiments. Je me défendis immédiatement.

— J'ai juste essayé de faire comme dans les contes de fées… Un baiser magique…

Alonn eut l'air étonné. Il n'avait jamais entendu parler des contes de fées, mais il revenait à la vie sans s'étonner de l'incroyable pouvoir de mon baiser. Il m'assura de la normalité de la procédure. Ce furent les mots qu'il employa. Décidément, ce garçon manquait de romantisme. Seule une preuve d'amour intense pouvait le ramener à la vie, m'expliqua-t-il, et par conséquent il n'avait plus de doute concernant mes sentiments.

Il m'agaçait autant que Mauk. J'avais l'impression d'être manipulée, d'être uniquement là pour répondre à ses besoins. Mais qu'allait-il m'offrir en échange ? J'avais beaucoup aimé le goût de ses lèvres et j'aurais presque rêvé qu'il meure encore un peu pour réitérer la « procédure ». Je me sentais bien à ses côtés. À vrai dire, je rêvais souvent de son contact, sans comprendre ce qui m'attirait à ce point chez lui. Nous étions si différents.

Il essaya de se lever, chancela et se rassit aussitôt.

— Il va falloir que je reprenne des forces, tout de même. Je n'en reviens pas d'être guéri. C'est grâce à toi, Joy, grâce à toi !

— Tu es guéri ? ! m'exclamai-je, plus que surprise. Mais on n'a jamais vu personne guérir ainsi. Alors je peux repartir ? Tu n'as plus besoin de moi. Tu n'as plus de sentiments pour moi, tu es sûr ?

J'étais à la fois soulagée et vexée.

— Je ne me sens plus malade, en tout cas. Tu as trouvé le remède miracle.

— Je vais rentrer chez moi, dis-je.

J'étais persuadée qu'il allait s'opposer à ma décision, mais je retrouvais soudain celui qui m'avait fait tant de peine lors de mon premier départ d'Alvénir, un être dépourvu d'émotion, un être égoïste et froid. J'avais presque envie de le rendre de nouveau malade. Je voulais qu'il m'aime normalement, comme un garçon d'Abbey Road. Sa guérison fulgurante m'avait bouleversée, son désintérêt soudain pour ma personne me donnait la nausée. Almour ou pas, ce garçon était détestable, mais je l'aimais toujours autant.

Il ne semblait pas très vaillant, et j'hésitai à le laisser seul. Je pensai à l'orphelinat, à tous ceux qui subissaient en ce moment la menace du Diable Vert. Est-ce que Mauk avait raconté aux miens la raison de ma disparition ? Est-ce que Ginger allait venir me chercher ? Comment pouvais-je retourner chez moi maintenant que j'avais accompli ma mission ?

— J'entends tout ce que tu penses, dit Alonn en souriant. Tu passes ton temps à te poser des questions.
— Ça me dérange que tu sois si souvent dans ma tête. Nous ne sommes pas faits pour nous entendre, et pourtant nous nous sentons si proches l'un de l'autre.
— C'est parce que tu m'aimes que je t'entends même lorsque tu ne me parles pas.
— Et toi tu m'aimes ?
— Je ne suis plus malade, répondit Alonn. Je t'apprécie, Joy. Je t'aime à ma façon. Comme un Almour.

Sa façon à lui me déplaisait.
— Tu n'éprouves pas de sentiments. C'est terrible. C'est inhumain.

J'avais prononcé le mot. Inhumain. Le problème était toujours le même. Alonn n'était pas un être humain.
— Les sentiments amoureux me font mourir. Ils sont toxiques. Je ne veux plus être malade. J'ai

l'impression de ne plus être moi, de me perdre lorsque je suis amoureux.

— Ça fait cet effet-là à tout le monde…

J'avais de plus en plus de mal à croire qu'Alonn venait de ressusciter grâce à mon baiser et encore plus de mal à croire qu'il avait pu changer d'état d'esprit aussi rapidement.

— Tu étais vraiment mort ? demandai-je.
— Comment veux-tu que je le sache ?
— Aljo a dit que tes yeux n'étaient plus violets. C'était un signe.
— Alors effectivement, j'avais fini. Je m'étais perdu complètement.

La Grande Chouette suivie d'Aljo fit irruption dans la chambre, sans frapper. Je détestai de plus en plus ses manières intrusives et sa suffisance.

— Aljo ! Tu m'as encore raconté n'importe quoi. Les iris blancs, je t'avais dit… rien d'autre !

Aljo cligna des yeux une douzaine de fois. Il avait peur de la Grande Chouette. J'ignorais ce qu'il redoutait dans ce pays où la sanction n'existait pas.

Étrangement, je pris sa défense. La Grande Chouette m'exaspérait tant que j'aurais protégé n'importe qui face à elle. Alonn déclara qu'il était guéri, que mon baiser l'avait sauvé, qu'il était prêt à reprendre ses fonctions. On aurait dit un soldat.

Il ne pensait qu'à « aider le peuple d'Alvénir ». La Grande Chouette s'étonna à son tour qu'un baiser ait pu ranimer un mort. Elle me soupçonna d'être un peu sorcière.

J'aurais sans doute dû lui laisser croire que j'avais effectivement bien des pouvoirs magiques, dont d'autres bien plus dangereux encore, mais je n'avais pas été formée au mensonge. J'étais une jeune fille bien trop sage pour affronter des personnages autoritaires et tyranniques qui me rappelaient toujours les sœurs. Je me sentais « enfant » face à ces dictateurs, soumise par peur de ne plus être protégée. J'aurais aimé avoir la liberté de Margarita ou de Ginger mais je n'avais pas encore eu le temps ni l'opportunité de grandir suffisamment dans ce sens. J'expliquai alors à la Grande Chouette qu'Alvénir était un pays aussi improbable que ceux des contes de fées. Ce qui fonctionnait dans ces histoires n'avait aucune raison d'échouer ici. Elle non plus n'avait jamais entendu parler de contes de fées. Elle voulut en savoir plus. La Grande Chouette était une insupportable curieuse. Je me rappelai alors qu'elle avait enlevé Eulalie dans le seul objectif d'enseigner les notions de bonheur et de plaisir au peuple d'Alvénir et je pris peur. Je craignais qu'elle ne me retienne ici pour enrichir sa culture ou celle des siens.

— Je voudrais rentrer à l'orphelinat, dis-je avant qu'elle n'ait pu envisager autre chose.

L'idée d'abandonner Alonn me peinait mais c'était l'amoureux qui me manquerait en fait, pas ce garçon-glaçon cyclothymique que je n'arrivais pas à comprendre. Et Alonn amoureux était forcément malade. Notre histoire serait donc toujours impossible, notre histoire ne serait jamais une histoire.

La Grande Chouette croisa les bras. Elle avait l'air plus grande que d'habitude, plus masculine aussi. Son smoking d'homme n'avait jamais cependant mis sa féminité en valeur, mais je ne retrouvai pas ses gestes gracieux ni son regard bienveillant habituels. Elle m'observa en fronçant les sourcils.

— Tu vas rester ici. Nos écoles ont besoin de toi. Tu seras professeur de « conte de fées ».

— Nooon ! protestai-je. Je ne veux pas.

— Je ne te demande pas ton avis.

— Mais je dois m'occuper des miens.

— Les tiens ? Mais tu es orpheline, ma chère.

Cette phrase me blessa plus fort encore que les instants partagés avec Alonn. Je n'avais plus la force de réagir. Je me sentis plus seule, plus isolée, plus abandonnée que jamais et m'effondrai en sanglots.

Alonn posa la main sur mon épaule. Il voulait me communiquer son fluide de réconfort. J'aurais aimé qu'il me dise qu'il était là pour moi, qu'il me protège et me ramène chez moi. Mais non, il se tenait à quarante centimètres de moi, tout occupé à sa mission d'Almour.

— J'en veux pas de ton réconfort à la noix! murmurai-je tout bas. Va-t'en! Tu n'es même pas mon ami! Tu n'es rien pour moi, RIEN!

Alonn retira la main de mon épaule, me sourit et quitta la pièce. Mes larmes redoublèrent aussitôt. J'avais sûrement espéré qu'il s'intéresse de nouveau à moi, qu'il réalise que son attitude était déplacée après ce que nous venions de vivre tous les deux. Mais on aurait dit qu'il avait tout oublié.

— Aljo, trouve un appartement pour la demoiselle dans le Palais et ne la quitte pas d'une semelle, ordonna la Grande Chouette. Elle n'a pas le droit de sortir. Les enfants viendront ici suivre son enseignement.

— C'est vrai que vous êtes un tyran! hurlai-je. Les Mogadors ont bien raison! Tyran! Tyran! Tyran! sanglotai-je.

Alonn ne réagit pas.

Je compris plus tard que certaines personnes ne choisissent jamais leur camp, par confort. Pour Alonn, il s'agissait sans doute plus d'une déficience de l'esprit que d'un non-choix. Les Almours ne savaient pas rire, les Almours ne savaient pas aimer d'amour, les Almours ne reconnaissaient pas les bonnes des mauvaises personnes puisqu'ils étaient destinés à aider tout le monde, sans exception.

Je regardai tristement ce garçon que j'avais cru aimer. Il me raccompagna poliment à la porte. Aljo m'escorta de nouveau maladroitement. Ses bois m'écorchèrent les tempes. Nous traversâmes des couloirs de velours, des halls de marbre, des escaliers de bois odorant. À plusieurs reprises je tentai de m'échapper mais Aljo était costaud et tout à sa mission. Il me forçait à avancer vers mon nouvel appartement.

Une gouvernante lui indiqua l'étage où je serais logée. J'essayai de me rassurer en me disant que tout avait une raison d'être en Alvénir. Ginger m'aurait déjà répété que « tout allait bien finir, quoi que je fasse », alors je décidai de ne rien faire. Je comptais sur le destin comme sur un ami.

15

La gouvernante nous rejoignit au quatrième et dernier étage du Palais. Visiblement, l'incendie provoqué par le Diable Vert n'avait pas causé de dégâts trop importants dans le bâtiment. Par les grandes fenêtres situées dans l'escalier, on pouvait juste apercevoir quelques meubles brûlés entassés sous un arbre. La femme d'âge mûr avait le teint très clair et des yeux gris souris. Elle portait un tablier à carreaux doré et mauve.

– Kidnappée ? me demanda-t-elle.

Je hochai la tête.

– Tss ! parfois je trouve qu'elle abuse ! Bientôt je ne vais plus savoir où loger tous ces gens qu'elle enlève, avoua-t-elle. Ça devient maladif !

Comme je ne pouvais pas m'arrêter de pleurer, elle s'intéressa davantage à moi.

– Professeur de « conte de fées » ? s'étonna-t-elle. Je n'ai jamais entendu parler de ça. Ne vous mettez pas dans cet état, tout de même, ajouta-t-elle gentiment. Je vais bien m'occuper de vous. Vous ne manquerez de rien. En Alvénir, on ne manque jamais de rien.

— C'est n'importe quoi ! Vous faites de la publicité mensongère. Les Almours manquent de sentiments, la Grande Chouette manque de tolérance, et moi je manque de liberté... et de parents vivants.

Elle m'observa quelques secondes, l'air étonnée, ne sachant que répondre. Les habitants d'Alvénir n'étaient pas habitués, semble-t-il, à réfléchir ou à se remettre en question. Ici, on vivait sans penser vraiment. Chacun avait une place, un rôle qu'il tenait avec fierté et sérieux. Tant d'émotions, de désirs, de curiosité faisaient défaut à ces gens. La Grande Chouette avait su en profiter jusqu'ici sans que personne ne lui reproche quoi que ce soit. Les Mogadors, eux, avaient perçu le côté dictateur de cette femme-oiseau. Je comprenais totalement Mauk et son peuple. De quel droit cette femme gouvernait-elle ainsi ce pays ? Qui avait décidé que les Mogadors étaient des êtres inférieurs au peuple d'Alvénir ? Qu'est-ce qui autorisait cette chouette à kidnapper, à condamner, à bannir qui lui plaisait ?

Étaient-ce ma colère et le brusque abandon d'Alonn qui me poussaient à prendre sans plus hésiter le parti de Mauk ? Je tentai peut-être ainsi de mettre fin à mon gros chagrin.

Nous étions maintenant dans mon appartement, un deux pièces très coquet. Les murs étaient recouverts d'un tissu rayé pourpre, orange et bleu, de jolis meubles un peu tarabiscotés et vernis décoraient le lieu. J'étais fascinée par le lustre rose. Jamais je n'avais vu de pareil éclairage. De plus, mes larmes rendaient la lumière diffuse encore plus magique. Aljo s'assit dans l'entrée sur une chaise en bois, recouverte de chintz et placée à l'angle de la pièce. La gouvernante déposa deux chemises de nuit sur mon lit et prit mes mesures pour « la suite ».

— Quelle suite ? demandai-je en reniflant inélégamment. Vous voulez me préparer un cercueil à ma taille ?

— Il faudra bien vous habiller dans les jours qui viennent. Vous n'allez tout de même pas enseigner en guenilles.

— J'espère bien que Ginger viendra me chercher avant. Je sais que je peux compter sur elle. C'est une fille bien. Elle ne me laissera pas croupir ici. Elle a du sang sacré.

— Comme tant de monde ici ! rétorqua la femme. Il va falloir vous y faire parce que à mon avis vous êtes là pour un moment.

Elle m'expliqua qu'elle travaillait ici depuis très, très longtemps – un nombre d'années incalculable. Elle se souvenait avec nostalgie du temps où la Grande Chouette était encore la cuisinière du Palais. À l'époque, elles étaient amies. Elle prétendait donc connaître la présidente mieux que quiconque. Elle savait que les personnes kidnappées pour enseigner ne repartaient jamais rapidement. Il fallait qu'elles aient livré la totalité de leurs connaissances au peuple d'Alvénir avant de pouvoir retrouver leur vie normale.

Je me fâchai. Je lui fis remarquer que je n'avais que treize ans et que j'allais par conséquent me révéler une bien piètre professeur. Elle ne m'écoutait qu'à moitié, vaquant à ses occupations de gouvernante. Elle fit mon lit, m'indiqua le fonctionnement de la baignoire et des stores. Elle demanda ensuite à Aljo de me conduire au réfectoire et me rappela plusieurs fois les heures de repas. Comme il était tard et que je n'avais pas eu le temps de finir mon dîner à l'abbaye, on m'accorda cette fois une collation en dehors des horaires habituels.

J'avais l'impression d'avoir emménagé dans un nouvel orphelinat. Un orphelinat luxueux, mais tout aussi triste et réglementé que le mien. Je me sentais si seule dans ce grand réfectoire vide. Les murs étaient décorés d'une fausse bibliothèque peinte en trompe l'œil.

— Où sont vos vrais livres ? demandai-je à la gouvernante.

— En sécurité, je présume.

Comme je souhaitais m'assurer que les contes de fées n'étaient effectivement pas à la disposition des occupants du Palais, Aljo me conduisit à la bibliothèque des enseignants. La gouvernante m'indiqua son appartement afin que je puisse la joindre en cas de besoin.

La bibliothèque était, en fait, une étagère en bois sculpté sur laquelle était posée une vingtaine de livres aux couvertures bleutées.

— C'est tout ! m'exclamai-je. Ce que vous devez vous ennuyer !

Aljo ne répondit rien. Il n'avait pas l'air de comprendre le sens de ma phrase. Les livres étaient en latin et, malgré l'enseignement que j'avais reçu dans cette matière, je ne parvins pas à les traduire. Aljo ne devait pas savoir où se trouvait la véritable bibliothèque. Il était si bête qu'il m'était difficile de communiquer avec lui. Lorsque nous revînmes à mon appartement, je croisai Alonn dans le couloir.

Il s'arrêta, me sourit, s'enquit de savoir si tout se passait bien, mais tout cela sonnait faux.

— Non, tout se passe très mal et c'est à cause de toi, dis-je sans me démonter.

Je n'avais rien à perdre. J'avais juste envie qu'Alonn réfléchisse, mais j'oubliais systématiquement que les Almours n'étaient pas des êtres humains. Il me demanda en quoi il pouvait m'être utile et s'étonna que je l'accuse de la sorte.

— Arrange-toi pour me ramener chez moi! ordonnai-je. Tu me dois au moins ça.

Parfois mon autorité soudaine m'étonnait. J'avais l'impression qu'une autre parlait à ma place.

— Je n'ai pas ce pouvoir, dit-il, si la Grande Chouette t'a retenue ici. Je ne peux rien faire contre ça.

— Je n'aurais jamais dû t'embrasser! soupirai-je.

— Alors je serais mort.

— Tu vois que tu me dois quelque chose...

— Non, je ne vois pas, mais je suis à ta disposition si tu as besoin de moi.

Je m'énervai.

— Mais enfin, explique-moi en quoi tu pourrais m'être utile puisque tu es incapable de m'aider quand je te demande de l'aide! Tu n'es pas là pour m'aimer, tu n'es pas là pour me ramener chez moi, tu n'es pas là pour m'écouter ni me comprendre... et tu prétends être à ma disposition! Dis plutôt que tu es content de m'avoir sous la main quand tu attrapes ta maladie ridicule. Dis plutôt que tu essaies de rester en de bons termes avec moi en cas de besoin, mais toi tu m'es inutile. Tu m'as fait beaucoup de peine et tu ne m'as jamais rien donné. Je ne veux même plus de parler, tu ne m'intéresses plus.

— Ah ? Bon, d'accord. Alors je te laisse. Au revoir, Joy.

Aljo piétinait à mes côtés. Je pris ses bois dans la main et le repoussai, l'air agacée, tandis que je regardais Alonn repartir tranquillement vers son appartement.

J'enrageai. Il restait si hermétique à ce que je lui disais. J'avais espéré qu'il réagisse, qu'il m'avoue de nouveau son amour, qu'il me prenne dans ses bras pour me rassurer, qu'il m'aide en secret à regagner l'abbaye, mais rien de tout cela ne lui traversa l'esprit. D'ailleurs rien ne semblait jamais lui traverser l'esprit à part ses automatismes d'Almour.

Je retrouvai mon petit appartement. La gouvernante avait déposé un verre de lait d'almondine sur ma table de chevet. Je reconnus l'odeur toute particulière de la boisson que nous avait servie Alyss dans son auberge d'Alegory. La gouvernante était prévenante et attentive. Par moments, j'aurais pu me réjouir du confort offert mais je n'avais rien à faire ici. Je ne cessais d'imaginer des solutions d'évasion. Rien ne fonctionnait, car sans l'aide de Ginger ou de la Grande Chouette j'étais condamnée à rester en Alvénir.

Je m'endormis difficilement. Je priai mon ange gardien pendant des heures pour que Ginger et Mauk viennent à mon secours. J'aurais tant voulu qu'un des deux garçons au moins m'exprime un véritable amour. Je me réjouis de ne plus communiquer par la pensée avec Alonn. Cela devait signifier que j'avais su me débarrasser de mes sentiments déraisonnables à son égard. Pourquoi l'avais-je aimé d'ailleurs ? Je n'aurais pas été ici ce soir si j'avais su échapper à son charme inutile. Est-ce que cette aventure allait au moins me servir de leçon et me rendre plus méfiante lorsque je rencontrerais des garçons ? Quelle mauvaise expérience j'avais faite là ! Quel premier baiser déroutant ! Arriverais-je un jour à oublier tout cela ? Pour l'instant, l'image d'Alonn, malade d'amour, restait gravée dans mon cœur comme s'il s'était agi d'un autre garçon… que, malheureusement, je ne parvenais pas à détester complètement.

16

La gouvernante me réveilla à l'aube. Aljo avait dormi dans l'autre pièce. Son lit était défait mais il s'était absenté. Il participait à la réunion hebdomadaire des auxiliaires. La gouvernante « s'occupait » de moi ce matin. Je devais comprendre qu'elle allait, à son tour, me suivre comme un chien toute la matinée. En fait, il n'en fut rien. Elle semblait avoir confiance en moi. Elle ignorait sans doute que, contrairement à elle, je savais m'opposer à ce que l'on m'imposait.

Je pris le petit déjeuner en compagnie d'une vingtaine de personnes à l'allure humaine. Pas une créature, comme celles que l'on rencontrait fréquemment en Alvénir, n'avait sa place ici. Tous des prisonniers, me dis-je. Certains me saluèrent, d'autres ne levèrent même pas les yeux de leur assiette. Comme d'habitude, je ne prenais pas de risque en évitant les aliments totalement inconnus, comme ce gros fruit bleu semblable à un melon, coupé en quartiers, ou ces crêpes recouvertes de cloques de caramel et fourrées de pétales de fleurs.

— Vous, vous êtes nouvelle ! me lança une femme blonde et joufflue.

— Kidnappée par la Grande Chouette ! Vous aussi ? demandai-je.

— Non, pas moi.

J'attendais une suite à sa réponse mais elle ne vint pas. Elle termina son assiette, sa crêpe aux pétales et d'autres mets étranges, puis quitta la table en lançant :

— Bonne journée à tous !

Une réponse générale un peu confuse envahit le réfectoire. Dès que quelqu'un quittait la pièce, la même chose se produisait. Il souhaitait une bonne journée aux autres, et les autres marmonnaient en chœur des semblants de phrases incompréhensibles.

Je restai longtemps assise. Je n'avais aucune idée de ce que j'étais supposée faire et je n'avais surtout pas envie de le savoir. J'aurais aimé qu'on m'oublie et que je puisse m'éclipser. Mais où serais-je allée ? Que pouvais-je espérer de plus, ce matin ? J'étais condamnée à suivre les ordres de la Grande Chouette comme mes amis d'Abbey Road étaient condamnés à suivre ceux du Diable Vert. Où que je me trouve désormais, le régime était le même. Tyrannique. Ma liberté, qui m'avait toujours semblé inexistante auprès des sœurs, s'était pourtant encore amenuisée en quelques jours. Je croisai les doigts pour que cela ne soit pas le signe de mon entrée dans le monde des adultes. Partout où j'allais, je ne pouvais plus agir à ma guise. Ma vie semblait réduite à ce que l'on me forçait à faire. Je ne décidais plus de rien.

J'attendis. La lumière des deux soleils éclairait déjà joyeusement les coins de l'immense pièce. Les lustres en verre scintillaient, les fenêtres entrouvertes laissaient passer une brise légère, presque agréable. En fait, tout était devenu «presque agréable». Seule l'appréhension des minutes à venir gâchait ce petit déjeuner de princesse. L'angoisse est un frein aux bonheurs. Personne ne venait me chercher, et j'étais bien décidée à faire durer cet instant le plus longtemps possible. Je préférais redouter les heures suivantes plutôt que de vivre des instants imposés. En restant immobile à ma table, je devenais rebelle. Je m'octroyais un instant juste à moi, un brin de liberté que personne ne venait me voler, ni déranger, et plus cela se prolongeait, plus je me sentais gagner la partie. J'avais envie d'être plus maligne que la Grande Chouette et ses sbires, et je n'avais rien trouvé d'autre pour l'instant que cette grève solitaire et secrète pour me démarquer. J'essayais de me fondre dans le décor, de ne plus exister physiquement.

Pourvu qu'on m'oublie, pourvu qu'on m'oublie, me répétais-je.

La pièce s'était vidée. Quelques retardataires étaient arrivés en se pressant, avaient avalé rapidement leur collation avant de ressortir d'un pas décidé par différentes portes. Ils savaient où ils allaient. Étaient-ce des professeurs ? Qu'allaient-ils enseigner avec tant de zèle ?

Deux femmes nettoyèrent les tables encombrées. Elles abaissèrent ensuite des stores à manivelle. Les soleils balafraient désormais les murs de rayons pointus qui s'entêtaient à passer entre les lamelles de bois des volets roulants. Je bus une gorgée d'un nectar nacré. Je voulais faire croire que je n'avais pas terminé mon petit déjeuner. Mais elles se fichaient de ma présence. Elles vaquaient à leurs occupations comme des soldats. Les tables, les stores, puis le coup de balai. Les habitants d'Alvénir avaient souvent l'air de bons soldats. Je n'aimais pas les soldats, je n'aimais pas les pions, les moutons, les êtres dépendants d'un chef ou d'une autorité incontestable. Grâce à Margarita, à Ginger et à mes années d'orphelinat, j'avais appris que la contestation et la remise en question étaient souvent très utiles. Mais comment refuser la mission qu'on venait de me confier ? Qu'allais-je devenir si je ne bougeais plus d'ici ? Il n'existait pas de sanction en Alvénir puisque personne n'avait la capacité d'enfreindre les lois. Que pouvait-il donc m'arriver si je refusais de donner des cours ? Allais-je alors être considérée comme une Mogadore, un être dangereux ? La Grande Chouette n'avait pas d'autre solution que de se débarrasser des rebelles en les bannissant d'Alvénir. Peut-être devais-je tenter d'être dangereuse ou insupportable afin qu'elle me renvoie chez moi ?

J'étais seule maintenant dans le réfectoire. Je souris.

— Ça a marché, pensai-je. Ils m'ont oubliée.

En général, je remerciais Dieu lorsque l'un de mes vœux se réalisait. C'était un réflexe comme lorsque je demandais pardon après avoir éternué. En Alvénir, je perdis immédiatement cette habitude et eus l'étrange idée de me remercier moi-même. Je souris encore. Je me sentais plus forte que les autres. J'avais cette qualité supplémentaire : la possibilité de refuser un ordre. L'indocilité. Ce qui à l'orphelinat me paraissait normal, ce qui ne m'était jamais apparu comme un supplément d'esprit était, en Alvénir, une arme dont je comptais me servir sans réserve quand on viendrait me chercher.

Mais l'on ne vint pas. La gouvernante était passée deux ou trois fois devant moi en me souriant, puis je l'avais vue sortir en portant un luxueux plateau de petit déjeuner. Elle souriait moins. La Grande Chouette devait se faire servir dans son appartement, et j'imaginais combien il devait être humiliant de devenir du jour au lendemain la servante d'une bonne amie. Mais peut-être existait-il au Palais d'autres sommités que je n'avais pas eu l'occasion de rencontrer. Je ne saisissais pas grand-chose au fonctionnement du gouvernement d'Alvénir, sinon que la Grande Chouette s'était, avec les années, octroyé de plus en plus de pouvoirs et qu'elle avait tendance à n'en faire qu'à sa tête, sans consultation préalable de qui que ce soit. Comment les habitants d'Alvénir pouvaient-ils accepter la toute-puissance de ce chef sans jamais rien contester ? Je comprenais maintenant pourquoi les métissages entre les gens d'Alvénir et les Mogadors étaient mal vus par son gouvernement. Trop de gènes mogadors en Alvénir auraient pu rapidement casser la docilité du peuple sage. Un peu de sang mogador dans les veines transformait un être soumis en un être potentiellement rebelle. La Grande Chouette avait donc tout intérêt à propager l'image du « mauvais Mogador » dans le monde d'Alvénir afin d'éviter la formation de couples mixtes et de garder le contrôle total sur ses sujets. Une question m'obsédait à ce sujet : si la Grande Chouette était née en Alvénir et de sang sacré, souffrait-elle comme ses compatriotes de cette obéissance ridicule, de cette impossibilité de s'opposer à la loi ? Et dans ce cas, qui lui dictait ce qu'elle faisait ? Était-ce ce fameux « livre des règles d'Alvénir » dont m'avait parlé Alyss ?

Deux ou trois heures devaient avoir passé, j'étais toujours assise à la même place dans l'immense salle vide. Parfois une personne pressée poussait une porte et se hâtait vers une autre issue sans détourner le regard de sa trajectoire. Tout le monde semblait missionné, sérieux et dévoué à sa tâche.

Je finis par m'ennuyer. Je connaissais la pièce par cœur, ses chaises tarabiscotées, ses tables octogonales, ses nappes rayées, ses lustres roses, ses cadres semblables à ceux du château d'Alpagos. Je repensai alors à Alonn. Savait-il qu'il était le fils de cet homme ? Et connaissait-il sa mère ? Son beau visage, sa fossette, son sourire, ses yeux violets revinrent me hanter. J'avais beau essayer de me persuader de l'impossibilité d'une histoire d'amour entre nous, mon cœur battait plus fort lorsque je rêvais à lui. D'ailleurs, il ne fallut pas plus de quelques minutes pour qu'il entre dans la salle.

– Tu m'as appelé ? dit-il.

– C'est impossible ! Je croyais que la transmission de pensée ne fonctionnait que...

– Si tu m'aimais ?

Il sourit, l'air victorieux.

– Je ne t'aime pas. Je ne peux pas aimer un garçon sans cœur.

– N'empêche que tu m'appelles !

– N'empêche que tu arrives immédiatement ! Je me demande si tu n'es pas en train de retomber malade… Fais attention parce que, cette fois-ci, je n'ai pas l'intention de t'embrasser pour te sauver. Quand je vois où toute cette histoire m'a menée !

– Je viens à ton secours parce que je suis un Almour. J'existe pour les autres.

– Bla-bla-bla, dis-je. Bon sang ! Ce que tu peux m'énerver ! J'étais en train de me demander si tu connaissais tes parents.

– Mon père est Alpagos. Je l'ai déjà rencontré.

– Et ta mère ?

– J'aimerais bien le savoir, mais cette information n'est pas disponible sur ma fiche.

– Ça alors ! Tu habites Alvénir, et il te manque quelque chose !

– Les autres Almours connaissent tous le nom de leur mère. Pas moi.

Lorsque j'évoquai l'idée qu'il pouvait être métis, il se révolta.

– Sûrement pas ! J'ai les yeux violets !

— Ça ne veut rien dire !

— Si je t'aidais à connaître le nom de ta mère, tu m'aiderais à rentrer chez moi ?

— Je n'ai pas le droit.

— Prends-le !

— Je n'ai pas de sang mogador. Je suis un homme droit sur lequel tout le monde peut compter.

J'attrapai brusquement ses mains et comparai le bout de ses index. Il recula d'un pas et m'observa, l'air apeuré.

— Qu'est-ce qui te prend ? On n'attrape pas un Almour comme ça !

J'éclatai de rire.

— Qu'est-ce qui te prend ? On n'attrape pas un Almour comme ça ! répétai-je en imitant sa voix.

Je le trouvais un peu ridicule, mais il m'attendrissait. Ces principes, ces lois idiotes à respecter ou à faire respecter sans se poser de questions, sa petite vie bien réglée d'Almour... Il aurait pu changer tout cela s'il avait su.

— Tu es un peu mogador, lui dis-je. Tu n'as pas d'empreintes à la main droite. Cela explique sans doute pourquoi tu es tombé malade. Tu n'es pas un pur Almour.

— Joy, tu es certainement perturbée par tout ce

qui t'arrive, n'est-ce pas ? me dit-il en posant de nouveau la main sur mon épaule.

On lui avait appris à rassurer les gens de la sorte. Je poursuivis néanmoins mon raisonnement.

– Voilà pourquoi le nom de ta mère n'est pas mentionné sur ta fiche. Elle est mogadore.

La gouvernante réapparut à ce moment. Elle s'approcha de nous d'un pas décidé et m'avertit qu'il était l'heure de me mettre au travail. J'ignorai sa remarque.

– La mère d'Alonn est mogadore, vous le saviez ? demandai-je.

Le visage de la gouvernante se pétrifia.

– Je sais beaucoup de choses. Beaucoup plus encore. Le Palais n'a pas de secrets pour moi.

– Qui est la mère d'Alonn ? demandai-je sans détour.

– Je n'ai pas le droit de trahir le secret. J'ai prêté serment sur le livre des règles d'Alvénir.

– Et vous ne savez pas mentir ! Vous n'avez pas de chance. Le mensonge est parfois si utile…

Alonn commençait à se dire que j'avais peut-être raison. La discussion avec la gouvernante l'avait perturbé. Il observait le bout de ses doigts en fronçant les sourcils et en se mordant l'intérieur des joues. Il constata son absence d'empreintes sur une main et s'étonna de ne jamais l'avoir remarquée auparavant.

— C'est ce côté-là qui me plaît chez toi, dis-je en évitant son regard.

Je sentis de nouveau mon cœur battre plus fort.

17

Alonn repartit sans rien dire, l'air plus contrarié que jamais. La gouvernante me conduisit de l'autre côté du Palais dans un petit amphithéâtre situé au rez-de-chaussée de l'aile ouest. Elle me parla beaucoup de la Grande Chouette. Elle semblait exaspérée et peut-être un peu jalouse de son ascension sociale.

Une cinquantaine d'adolescents m'attendaient en silence. Tous portaient la même veste orangée. Ils n'avaient ni cahier ni stylo devant eux. Ils applaudirent lorsque je montai sur l'estrade.

— À toi de jouer ! me dit la gouvernante avant de repartir. Apprends-leur de belles choses. Ils en ont besoin.

Mon cœur s'emballa à nouveau. Mais, cette fois-ci, il n'était plus question d'amour. J'avais le trac. Jamais je ne m'étais exprimée devant autant de monde. Je n'avais aucune idée de ce que je devais faire. Je tremblais. Je repensai alors à ma grève et à l'inexistence de sanction en Alvénir.

Je dis :

— Le conte de fées est une histoire trop belle pour exister dans notre réalité. Pour demain, vous rédigerez donc trois pages sur ce sujet. Créez un univers merveilleux, en dehors du temps, et parlez du passage de l'adolescence à l'âge adulte. Introduisez au choix des animaux qui parlent, des sorcières, des fées, des créatures comme celles que l'on rencontre en Alvénir et aussi... des objets magiques. N'oubliez pas que votre héros ou votre héroïne doit surmonter une série d'épreuves pour se construire et qu'il faut ajouter une morale à l'histoire. Je vous impose une seule consigne : le récit doit se terminer par « ils se marièrent et eurent beaucoup d'enfants ».

— Qu'est-ce qu'une morale ? demanda une jolie jeune fille blonde qui devait avoir mon âge.

— Comment peut-on être en dehors du temps ? ajouta un élève.

— Qu'entendez-vous par merveilleux ? questionna son voisin.

J'étais surprise par la spontanéité de ces élèves qui prenaient la parole sans me demander la permission. Jamais nous n'aurions pu agir de la sorte à l'orphelinat. Mais, même si j'avais bien voulu accepter la mission que m'avait confiée la Grande Chouette, j'aurais malheureusement été incapable de répondre à leurs questions. Jamais je n'avais réfléchi au sens précis des mots dont je me servais. Je n'étais pas à ma place ici. J'avais encore tant de choses à apprendre, moi aussi.

Je restai mal à l'aise et silencieuse quelques secondes, puis quittai le lieu sans tarder. Je me hâtai dans les longs couloirs du Palais. Je ne savais pas où j'allais. J'allais contre la volonté de la Grande Chouette, en tout cas. Mais quelqu'un arrêta ma course. Il était revenu. Lui. L'enquiquineur. Le cochon à cornes.

— Aljooo ! m'exclamai-je, tout essoufflée. Te revoilà !

— Fidèle au poste ! dit-il. Je croyais te trouver dans l'amphithéâtre.

— J'ai terminé mon cours.

Comme il était idiot, n'importe quelle réponse l'aurait satisfait.

Je sortis dans le parc et m'assis sur un banc en bois peint en blanc. Aljo s'installa à côté de moi. Il respirait fort. À quoi servait-il finalement ? Si j'avais tenté de m'échapper, qu'aurait-il fait ? Je me dirigeai alors d'un pas décidé vers le portail. Il me suivit en marchant à tout petits pas, comme à son habitude. Pourquoi piétinait-il toujours de la sorte ?

— Où vas-tu ? demanda-t-il.

Je ne répondis pas. Au moment où je m'apprêtais à mettre un pied hors des limites du Palais, Aljo me plaqua au sol et me bloqua les poignets. J'étais allongée, le visage contre les graviers.

— Et maintenant, qu'est-ce que tu comptes faire ? observai-je sans essayer de me défendre.

Je sentis qu'il ne me retenait plus aussi fort. Il n'avait pas prévu de suite à son plan. J'en profitai pour me retourner violemment et me dégager. Je détalai comme un lièvre. Il me suivit sans savoir encore ce qu'il ferait de moi lorsqu'il m'aurait attrapée. En Alvénir, il n'existait rien de plus qu'une surveillance rapprochée et inutile des prisonniers puisque la sanction n'existait pas. Je découvrais peu à peu les failles de ce système construit pour un peuple discipliné et voué à l'obéissance. Cela devenait un jeu. Je testais les limites de la puissance de la Grande Chouette et réalisais qu'elle ne pouvait me forcer à rien. Toute seule, j'étais incapable de rentrer chez moi. J'avais besoin d'un passeur pour quitter Alvénir. Malheureusement, peu de gens semblaient avoir cette aptitude.

Soudain, alors que je tentais de semer Aljo, un garçon m'arrêta brusquement. Il ouvrit grand les bras et s'exclama :

— Miss Joy ! Tu t'entraînes pour la grande course d'Alvénir ? Que fais-tu ici ?

— Altman ! m'écriai-je en regardant derrière moi.

Aljo nous rejoignit très vite. Il me fit remarquer que je ne devais pas m'échapper du Palais.

— Je fais ce que je veux ! répondis-je, un brin agressive.

Altman nous regardait, l'air étonné. Il m'apprit qu'on lui avait, comme prévu, offert une occupation au Palais. Il me remercia d'avoir parlé de lui à la Grande Chouette lors de mon premier voyage. Sans moi, prétendit-il, il aurait peut-être encore connu des années difficiles à Alegory. Pour l'instant, il était encore stagiaire. Il venait d'ailleurs de passer sa première matinée ici, mais dès qu'il aurait terminé l'école il déménagerait définitivement au Palais et y serait employé à plein temps.

— Mon pauvre ! dis-je. Je suis presque embêtée de t'avoir orientée ici. Le Palais est une prison. Alvénir est une prison. Tant que vous ne connaîtrez pas la désobéissance, vous serez à plaindre.

— Nous ne sommes pas mogadors, fort heureusement, ponctua Altman.

— Les Mogadors méritent bien plus de considération. Ce ne sont pas les « méchants » que décrit ta mère. Regarde Myst... ou Aljar.

— Ce sont des métis. Le Mogador pur n'est pas fréquentable.

Je me fâchai et lui reprochai ses jugements catégoriques. Il ne se laissa pas faire, rit de mon innocence et m'assura qu'il connaissait le sujet sur le bout des doigts puisqu'il fréquentait les Mogadors d'Extrême Frontière depuis sa plus tendre enfance.

Je sentis cependant que ma remarque ne l'avait pas laissé indifférent. J'ignorais Aljo qui me tirait par la manche pour me ramener au Palais. Il ressemblait à un enfant capricieux, trépignant, s'agitant, couinant pour se faire écouter.

Altman le salua poliment et se présenta, mais l'homme-cochon n'avait que sa mission en tête, comme la plupart des habitants de ce pays, d'ailleurs.

J'expliquai ma situation à Altman qui s'empressa de remarquer :

— Les contes de fées ? Ça doit être amusant. Tu m'en raconteras ?

Il comprit que je n'avais pas envie de plaisanter, ni de m'attarder en Alvénir et me proposa de m'installer chez sa mère en attendant de trouver une solution.

— C'est moins joli que le Palais mais ce sera sans doute moins oppressant pour toi, remarqua-t-il.

— Mais non ! Mais non ! répétait Aljo. Vous n'allez nulle part. Vous devez rester au Palais.

Je l'ignorai de plus belle. Il enrageait mais n'avait pas d'autre solution que de s'épuiser à trottiner à côté de moi en essayant de m'obliger à faire demi-tour.

Altman lui conseilla d'aller prévenir la Grande Chouette.

— Ce serait sans doute la meilleure solution et une possibilité de recevoir une décoration, chuchota-t-il, comme s'il s'était agi d'une confidence exceptionnelle.

Aljo s'exécuta. Altman me fit un clin d'œil et m'avoua quelques secondes plus tard :

— Il ne trouvera pas la Grande Chouette. Elle passe la journée chez les Éphémères aujourd'hui pour leur fête annuelle. Les créatures comme Aljo sont dotées d'une intelligente minimale. Si tu veux t'en débarrasser, il suffit de leur confier des missions pour lesquelles ils pourraient éventuellement recevoir des médailles. Les récompenses sont leurs raisons de vivre.

— Tu es trop malin pour ne pas avoir de sang mogador, toi ! dis-je.

J'observai le bout de ses doigts tandis que nous marchions, persuadée que j'allais encore découvrir un secret de famille. Après tout, je ne savais rien de son père. À ma grande surprise, Altman avait des empreintes aux dix doigts. Il devait être l'exception qui confirmait la règle, la preuve que les habitants d'Alvénir pouvaient malgré tout être intelligents, sensés, débrouillards. Ce que je vivais depuis la veille ressemblait de nouveau à une leçon accélérée de vie. J'avais compris une bonne fois pour toutes qu'Alvénir n'était pas un paradis, que la Grande Chouette avait créé elle-même son poste de « présidente » dans un monde qui avait pendant des siècles été régi par la famille royale du Temps. Certains régimes dans notre monde résultaient certainement aussi d'abus de pouvoir assez semblables à celui-là. J'avais acquis aussi la certitude que les Mogadors ne méritaient pas d'être maltraités par le peuple d'Alvénir. Leur aptitude à se rebeller, à fuir le régime de la Grande Chouette était la preuve d'une intelligence supérieure à celle des habitants d'Alvénir, exception faite des personnes comme Altman qui, élevées au contact des Mogadors, avaient acquis les armes psychologiques nécessaires pour échapper à la plupart des situations. Mais qu'il était important de grandir entouré d'êtres différents ! Comme la fréquentation d'un seul monde, d'une seule espèce, d'une seule race sclérosait nos esprits ! Alvénir accueillait, les bras ouverts, les reflets, les créatures animales, les Éphémères, mais tous semblaient dépourvus d'intelligence. Était-ce par altruisme, comme on le prétendait, ou par intérêt que les Portes de ce monde avaient toujours été ouvertes à des imbéciles, alors qu'on tenait à l'écart le peuple mogador ? Les simples d'esprit n'étaient-ils pas simplement plus faciles à manipuler que les gentils « bandits » du monde d'en bas ? Et nous, quelle place avions-nous dans ce pays ? N'étions-nous pas finalement destinés à récupérer les perles du collier d'Altenhata ? Ne nous promettait-on pas de nous donner ce qui nous manquait dans le seul but de nous utiliser à des tâches périlleuses ou de nous kidnapper afin de s'emparer de nos connaissances et d'offrir l'illusion d'une force intellectuelle supplémentaire au gratin du peuple obéissant d'Alvénir ?

Ce voyage m'ouvrait l'esprit sur les intérêts des uns et des autres, les rouages d'un gouvernement, l'amour et ses surprises.

Altman s'étonna de mon geste. Il voulut savoir si les filles agissaient toutes de la sorte avec les garçons dans notre monde. Je devins toute rouge et bafouillai. Il était taquin, me laissa m'enfoncer dans mes explications et répondit :

— Donc il ne s'agissait pas d'une tentative de rapprochement.

— Mais non ! m'exclamai-je. Je voulais juste savoir si tu étais un peu mogador.

— Hmmm... je sens que tu as un faible pour ces types-là. N'est-ce pas ?

— J'ai un faible pour tous ceux qui ne se laissent pas faire.

— Alors j'ai mes chances ! s'amusa-t-il.

Je me renfermai. Il était impossible que je m'intéresse aussi à ce garçon. Mauk et Alonn m'encombraient déjà suffisamment l'esprit. Fort heureusement, Altman me posa de nombreuses questions à propos de Margarita, et je compris que son intérêt ne se portait pas sur moi. Je ressentis malgré tout une petite jalousie. N'étais-je pas l'héroïne qu'il aurait fallu admirer à cet instant ? Altman se comportait avec moi comme un grand frère à la fois moqueur et protecteur. Nous fîmes une promenade tranquille jusqu'à sa maison. Un nouveau paysage s'offrit à nous. Je m'habituais à ce pays changeant.

— Mon écharpe ! m'exclamai-je soudain. Je n'ai plus mon écharpe !

Je l'avais probablement laissée dans l'amphithéâtre. Il m'était impensable de ne pas retourner chercher le cadeau de ma mère. Altman me poussa à demander de l'aide à Alonn. Il nous trouvait « assez liés » pour communiquer par télépathie.

— Je préfère ne plus avoir de contact avec lui, précisai-je.

– C'est un Almour, utilise-le pour ce qu'il est, insista Altman. Nous ne pouvons pas retourner au Palais, tout de même. Tu risques d'y perdre encore beaucoup de temps.

– L'utiliser ? Mais c'est affreux ! On n'utilise pas les gens.

– Tu veux récupérer ton écharpe, oui ou non ?

J'appelai donc l'Almour. Je mis de côté notre histoire amoureuse. J'essayai de ne penser qu'au cadeau de Maman. Alonn ne tarda pas à nous rejoindre le long du fleuve. Il tenait l'écharpe à la main. Je m'empêchai de le trouver beau, je m'empêchai de l'embrasser, je m'empêchai de le regarder dans les yeux.

– Merci, c'est vraiment gentil, dis-je.

Altman, qui était un garçon sensible, nous observait en plissant ses yeux malicieux.

– Je suis là pour ça. Pour rendre service, répondit Alonn.

Altman lui demanda de me ramener à l'orphelinat. Il lui assura qu'il me rendrait ainsi un grand service.

– Je ne rends pas ces services-là.

– Allez ! Avec ton sang mogador, tu pourrais t'autoriser quelques entorses au règlement, insistai-je.

Altman prétendit que les Almours ne pouvaient

être métis. Je lui montrai la main droite d'Alonn pour le faire changer d'avis.

— Ginger, Aljar, Alonn, Myst... Les métis sont partout, lui fis-je remarquer, et c'est tant mieux. Je n'ose même pas imaginer votre monde sans eux !

— Je ne suis pas mogador, j'en suis certain ! protesta Alonn.

Je lui rappelai qu'ils n'avaient pas d'empreintes sur les doigts d'une main.

— Mogador ou pas, je ne peux pas passer dans votre monde ! dit Alonn.

— Tu as déjà essayé ?

— Non, puisque je ne peux pas.

— Tu devrais peut-être essayer une fois.

— À quoi bon essayer ce que l'on ne peut pas faire !

— Sois curieux ! Ça risque de te changer la vie, lançai-je.

— Je ne veux pas changer ma vie.

— Je croyais que les Almours étaient là pour aider les autres, soupirai-je.

Alonn regardait au loin. Il semblait hésiter, réfléchir. Il n'agissait pas comme la machine-Almour qu'il avait pu être jusqu'ici. Ses origines mogadores, si infimes fussent-elles, lui permettaient-elles enfin de sortir de son carcan d'Almour ?

— Je dois t'aider, c'est certain. Sinon je ne serai pas un bon Almour, conclut-il.

Il me fut impossible de savoir si sa décision était celle d'un Almour conditionné ou celle d'un garçon libre qui se trouvait une excuse pour agir à sa guise.

— Je comprends maintenant comment tu as pu convaincre la Grande Chouette de m'engager ! s'exclama joyeusement Altman. Tu es une terrible négociatrice, Joy.

Altman n'était pas un Almour, mais il était tout de même prévenant et gentil, sans attendre quoi que ce soit en retour. Il me conseilla de ne pas hésiter à revenir chez lui si jamais Alonn ne parvenait pas à nous conduire à l'abbaye.

— Il y aura toujours une place pour toi chez nous, me précisa-t-il avant de me serrer contre lui. Ma mère t'apprécie. Moi aussi, je t'apprécie. Tu es une fille bien. On ne te l'a sûrement pas assez dit.

Ses paroles furent pour moi un cadeau. Je pensai même qu'Alvénir venait sans doute de m'offrir ce qui me manquait vraiment. Des mots rassurants et gratifiants comme ceux que les parents disent en général à leurs enfants, ces mots que je n'avais pas entendus depuis si longtemps.

Je repartis réconfortée par l'amitié d'Altman sur qui j'avais toujours pu compter.

— Tu es un ami, Altman, lui avouai-je. Un ami pour toujours.

Deux grosses larmes se précipitèrent au coin de mes yeux. Je savais qu'il me serait difficile dorénavant de prendre de ses nouvelles et de lui en donner. Il me manquait déjà. Les bons amis — ceux qui sont toujours prêts à vous aider, ceux qui partagent nos joies, nos peines, ceux qui donnent sans compter — étaient si rares. En outre, je n'avais jamais eu de véritable ami garçon, à part Dawson que je considérais plus comme un père de remplacement.

Altman me promit que nous nous reverrions bientôt.

— Tu penses toujours que c'est la dernière fois que tu voyages en Alvénir et tu reviens le lendemain. Il n'y a pas de raison que ça ne recommence pas.

Il se rapprocha de moi et poursuivit.

— Je suis sûr que tu reviendras pour Alonn. Tu as beau dire, ça se voit comme le nez au milieu de la figure que tu l'aimes.

— Je crois que je préfère Mauk, chuchotai-je.

— Hum ! fit Alonn. Tu oublies que je lis facilement dans tes pensées.

— Tu lis encore dans mes pensées ? m'étonnai-je.

— Tu sais ce que ça signifie, ajouta-t-il.

Je hochai la tête. Comme je ne voulais pas me ridiculiser devant Altman, je me défendis.

– Je peux t'aimer et aimer un autre garçon plus fort, non ?

– Ah oui, bien sûr ! Ça ne pose pas de problème.

Encore cette fois, Alonn prit un air détaché. Mes considérations sentimentales ne le touchaient pas. De toute évidence notre amour n'était plus du tout réciproque. Alonn avait totalement repris ses réflexes d'Almour.

18

Altman emprunta le chemin qui longeait le fleuve tandis que nous nous orientions vers les bois. Nous avancions vers la source sacrée. Alonn me répéta plusieurs fois qu'il se sentait incapable d'une pareille entreprise. Jamais encore il n'avait tenté de passer dans un autre monde. D'ailleurs il ne savait pas vraiment ce qu'il devait faire pour y parvenir.

— J'imagine que tu devras fixer ta boussole intentionnelle sur l'orphelinat d'Abbey Road, suggérai-je.

Nous traversâmes un terrain vague sur lequel jouaient des créatures semblables à de gros écureuils. Elles se poursuivaient en poussant des cris très aigus. Il régnait un climat joyeux, ensoleillé, accueillant en Alvénir. Je finissais par m'y sentir un peu chez moi lorsque je parvenais à oublier quelques instants les lubies de la Grande Chouette et les curieux fonctionnements psychiques de la plupart des habitants.

Alonn m'avertit qu'il se contenterait de me déposer à l'orée de mon monde, car il ne devait pas manquer la réunion quotidienne des Almours, en fin d'après-midi.

— Tu ne prends jamais de vacances ? demandai-je.

Mais Alonn ne connaissait pas ce mot.

— Heureusement que la Grande Chouette n'est pas là, sinon elle m'aurait déjà kidnappée pour enseigner ce nouveau concept aux habitants du Palais ! m'exclamai-je.

Alonn avait du mal à concevoir le fait que l'on puisse vivre sans avoir de « mission ». Il avait besoin d'être dirigé par quelqu'un, de servir les autres. J'essayai de lui démontrer le plaisir qu'auraient pu lui apporter quelques heures hors de son chemin tracé, quelques heures de liberté juste pour lui, mais la notion de plaisir restait assez floue pour lui, malgré l'enseignement d'Eulalie. Il arrivait à rire sur commande, à comprendre les choses amusantes ; il parvenait à nous ressembler sur quelques points, mais comme il était difficile de lui faire ressentir de véritables émotions ! Il avait aussi tout d'un être humain, un bel être humain. Son corps élancé, ses jambes solides, sa peau, ses cheveux, ses mains m'attiraient, m'aimantaient. Plus je m'approchais de lui, plus j'avais envie de m'approcher davantage. J'aimais sa présence plus que son esprit. J'avais besoin de sa proximité et j'aurais aimé marcher encore très longtemps à côté de lui, écouter sa jolie voix, passer du temps à ses côtés. Mais je n'avais pas le temps de m'attarder. Alvénir ne m'avait jamais laissé le temps de vivre un moment de détente. Moi aussi, j'avais toujours été « en mission » pour sauver Prudence, pour délivrer Eulalie, pour trouver de l'alchiminott… En cela, Alonn et moi avions sans doute un point commun. L'existence des autres nous causait bien des tracas, mais elle nous tenait aussi en vie.

– Tu veux dire que l'on se ressemble ? dit Alonn, qui continuait à entendre mes pensées.

– Je ne sais pas vraiment. J'ai l'impression que nous sommes l'opposé l'un de l'autre. Je suis émotive, plutôt extravertie, sensible, fragile… Tu es froid, distant…

– Je suis fragile, moi aussi. La preuve, j'ai attrapé la maladie d'Almour.

– Et je t'ai sauvé.

– Et tu m'as sauvé…

Il marqua une longue pause assez embarrassante.

– D'ailleurs, je me demande encore à quoi pouvait bien ressembler ce baiser guérisseur, dit-il enfin. Comme j'étais mort, je ne me souviens de rien.

Était-ce une invitation à l'embrasser de nouveau ?

Je sentis de petites ailes battre dans mon ventre. Soudain mes jambes ne me portaient plus, mon souffle devint plus rapide.

Il s'arrêta au milieu du bois, sous un chêne plus que centenaire. Je ne savais pas où poser mon regard. Mes yeux fixaient la mousse verte qui poussait au pied du gros tronc noueux.

— Je ne suis plus mort aujourd'hui, s'exclama-t-il en se plaçant devant moi pour que je le regarde.

Il sourit et j'eus l'impression qu'il s'agissait pour une fois d'un véritable sourire, d'un sourire humain.

— Oui, je sais, dis-je d'une voix peu assurée. Tu es même... très vivant.

— Tu me montres ?

Je ne voulais pas comprendre. Ne devais-je pas me concentrer sur les choses importantes, penser à fuir rapidement ce pays, à sauver mes amies, à chasser le Diable Vert...

Il se rapprocha de moi de sorte que nos nez se touchaient presque lorsqu'il baissait la tête.

Son souffle était tiède et sentait la menthe douce. Le vent autour de nous était chaud. Il me prit par les hanches et me fixa de ses yeux violets.

— Montre-moi ! insista-t-il.

Je collai mes lèvres contre les siennes, et le temps s'arrêta. Jamais je n'avais vécu un aussi doux moment.

J'existais plus fort que jamais. J'avais l'impression qu'il me rendait l'énergie que je lui avais apportée en le sauvant, que la vie s'expliquait tout d'un coup. Il n'y avait plus de mystère, j'étais en vie pour être contre lui. Le bonheur était là. Comment Eulalie, la nonne, avait-elle pu enseigner la notion du bonheur sans jamais avoir connu le plaisir d'un baiser ? Existait-il des bonheurs supérieurs à celui-là ?

Sa bouche était toujours aussi moelleuse qu'une guimauve. J'essayai de me détacher de lui, mais j'en voulais toujours plus. Il fallait mettre fin à cette délicieuse parenthèse. Il fallait revenir à nos obligations, à nos engagements, alors que nous aurions pu rester ainsi l'un contre l'autre des heures entières.

Alonn dut avoir la même idée puisque, en fin d'après-midi, tandis que les soleils baissaient dans le ciel d'Alvénir, nous nous trouvions toujours là, sous le vieux chêne, gourmands, aimantés, détachés des réalités. Je n'avais plus envie de rentrer à l'orphelinat et, curieusement, Alonn semblait avoir oublié sa réunion quotidienne de fin d'après-midi. Je lui suggérai malgré tout de reprendre notre route. Nous nous étions assis au pied de l'arbre. Alonn se sentait fatigué et très faible. J'observai son beau visage et le trouvai soudain très pâle. Il décréta qu'il n'avait même plus la force de se rendre au Palais. Je le soupçonnai d'avoir inventé un stratagème pour rester plus longtemps, mais il finit par s'allonger sur l'humus, tant il était épuisé.

— Ne me dis pas que tu as encore attrapé la maladie d'Almour ? m'exclamai-je en riant.

En fait, j'étais un peu inquiète.

— Ne repars plus, s'écria-t-il.

Il s'endormit.

Ou peut-être s'évanouit-il.

Mon inquiétude se transforma en panique. Que faire de ce grand corps étalé sur les feuilles mortes de la forêt d'Alvénir ? Qu'allions-nous devenir maintenant ? Son malaise remettait en question les heures à venir.

— Alonn ! Reste avec moi ! J'ai besoin de toi ! dis-je en lui tapotant les joues.

— Je t'aime, murmura-t-il tout à coup.

Puis il perdit de nouveau connaissance. Mes baisers n'étaient donc pas toujours thérapeutiques.

Comment ce garçon pouvait-il changer d'attitude aussi rapidement ? Nous avions partagé un merveilleux après-midi ensemble mais il fallait de nouveau affronter la réalité. Où allions-nous tous les deux ? Comment notre histoire pouvait-elle évoluer ? Je devrais peut-être l'aider à guérir de nouveau. Ne s'agissait-il pas d'une histoire sans fin ? Nous nous sentions attirés l'un par l'autre, je ne pouvais pas le regarder sans avoir envie de me blottir contre lui, il ne pouvait pas me fréquenter sans tomber malade et amoureux, et nous n'habitions pas dans le même monde. Que pouvions-nous faire de tout cela ?

— Il faut qu'il guérisse, qu'il me ramène chez moi et que l'on s'oublie, pensai-je à haute voix, sans y croire.

Personne n'aurait pu oublier ce moment.

Il restait immobile. J'eus la présence d'esprit de vérifier la couleur de ses iris. Violets. Ils étaient restés violets. Alonn était encore en vie. Il revint à lui.

— Le château d'Alpagos est juste un peu plus loin. Va chercher de l'aide, proposa-t-il.

Je refusai de le laisser seul. Je l'engageai à s'appuyer sur mon épaule et à marcher jusqu'à la demeure de son père. Je culpabilisais.

— Je n'aurais pas dû t'embrasser.

— Tu n'aurais surtout pas dû t'arrêter. Embrasse-moi encore, dit-il en titubant.

— Mes baisers t'empoisonnent. L'amour te rend malade. Tu dois m'éviter.

— Je ne veux plus t'éviter. Je veux te suivre partout où tu iras.

— Mais Alvénir a besoin de toi. La Grande Chouette ne t'autorisera pas à partir.

— Tu m'as appris qu'il était possible de désobéir de temps en temps.

— Maintenant, je suis sûre que tu as du sang mogador ! répliquai-je. Sinon tu n'aurais pas compris de quoi je te parlais. En Alvénir, le mot désobéissance ne doit même pas figurer dans le dictionnaire.

— Un baiser, encore un... me supplia-t-il.

Je savais que je le rendais un peu plus malade en répondant à sa demande. Je ne pouvais pas nous refuser ces douceurs. Je ne pouvais pas nous refuser cette tendresse. Jamais je n'avais vécu de moments si forts.

Nous dûmes marquer plusieurs haltes. Nous nous assîmes sur une souche perlant de sève, sur un petit mur de pierre recouvert de vigne vierge, sur un tas de bois bien rangé à la lisière de la forêt. Je ne savais plus vraiment si Alonn souffrait ou s'il cédait tout simplement à ses envies de m'embrasser.

— C'est assez curieux de réaliser qu'on ne sait pas tout de la vie, qu'il reste des tas de choses à découvrir. Jusqu'ici, je croyais que je savais tout, confia-t-il, alors que nous approchions du palais d'Alpagos.

Je soupirai tristement.

— Dès que tu seras guéri, tu seras de nouveau dans cet état. Tu ne remettras plus rien en question. Tu seras persuadé que tout ce que tu fais est bien et juste. Tu ne m'aimeras plus, tu n'auras plus de cœur, plus de sentiments à l'égard de personne... mais tu seras toi de nouveau. Pour l'instant, tu n'es pas toi. Tu es ce que je rêve que tu sois... amoureux de moi.

— Alors je ne guérirai pas, annonça Alonn.

— Tu es déjà mort une fois ! Tu risques de mourir cette fois-ci aussi.

— Tu m'as sauvé. Tu sauras me sauver encore.

Il m'enlaça et plongea le nez dans mon cou. Il inspira très fort.

— Le parfum du changement, dit-il. Tu m'as ouvert les yeux, Joy.

Alonn m'avait déjà fait beaucoup de peine à deux reprises. J'avais très peur qu'il ne redevienne brusquement son autre lui. J'avais peur de la froideur de l'automate, peur de ce que je ne comprenais pas, peur de ses capacités intellectuelles réduites lorsqu'il se contentait d'être un bon Almour. Je voulais qu'il reste libre, fragile, émotif et tendre. Je savais qu'il ne pouvait s'agir que d'un rêve et j'avais peur de me réveiller. L'amour modifiait mes points de vue. D'ailleurs, nous fûmes étonnés de constater soudain d'étranges modifications dans le paysage. Oui, tout cela ressemblait à un songe. Nous étions pris dans un tourbillon, une tornade des sens. Partout la nature fut secouée par ces changements. Des fleurs sortaient de terre si vite que nous n'avions pas le temps de les voir éclore, des arbres poussaient de façon démesurée devant nos yeux, les feuilles mortes tombaient d'un coup, les bourgeons se précipitaient, les fruits mûrissaient, les quatre saisons s'emmêlaient, les soleils valsaient, la nuit passait en quelques secondes. Je hurlais à chaque modification et je me blottissais contre Alonn en répétant :

– J'ai peur ! On va mourir. C'est la fin du monde !

Alonn observait cette accélération du temps avec intérêt et sagesse. Il me protégeait, me tenait contre lui.

– C'est peut-être aussi le début d'un autre monde, suggéra-t-il. Je t'aime, tu m'aimes, une nouvelle vie commence.

– Alors c'est un rêve ? Dis-moi que l'on rêve !

Le vent s'était levé. Des milliers de feuilles mortes valsaient dans l'air chaud. Il pleuvait, il neigeait, la chaleur des soleils nous accablait quelques minutes, puis le vent se levait, la pluie s'abattait soudainement. Nous n'avions pas le temps de souffrir des différences de température, tant les modifications s'opéraient rapidement. Nous étions bousculés par ces changements brusques et surprenants, incapables d'avancer plus loin. Nous nous étions abrités sous une guérite de pierre à l'entrée du château d'Alpagos. Nous vîmes des groupes d'hommes entrer et sortir si rapidement qu'il était difficile de savoir s'il ne s'agissait pas d'hallucinations. Tout à coup, la demeure prit feu durant quelques secondes. L'une des tours et le reste du château semblaient en piteux état, mais les successions apocalyptiques des nuits, des jours, des saisons, des orages, de la grêle ne facilitaient pas notre perception des choses. J'essayai de ne rien perdre de ce cataclysme mais finalement, terrorisée et persuadée que nous vivions nos dernières minutes, j'enlaçai Alonn et fermai les yeux.

Alonn se mit à commenter ce qu'il voyait.

— Oh! du lierre pend maintenant devant l'entrée de la guérite. L'herbe du parc est très haute. On se croirait dans un champ sauvage. Quelqu'un est mort devant la porte principale… Ah, non! Il a disparu… Les gens passent et s'évaporent, c'est si curieux. Tu crois que c'est notre amour qui a déclenché tout ça?

— Je ne veux pas mourir, répétai-je.

— Si tu meurs, je te ferai un baiser magique, dit Alonn, qui commençait à avoir le sens de l'humour.

Je rouvris les yeux. Nous aperçûmes des silhouettes passer devant la guérite; nous entendîmes des voix, mais rien de compréhensible, des cris peut-être. J'avais l'impression de vivre au ralenti, tant le monde autour de nous s'était accéléré. Je finis par m'asseoir par terre dans la guérite. Alonn fit de même. Il avait toujours l'air épuisé. De gros cernes creusaient son beau visage. La nature poursuivit ses fantaisies. Alonn me tenait la main. Il m'assura que nous n'avions rien à craindre.

Je repensai à Ginger qui m'avait toujours assuré que ce qui se produisait en Alvénir était sans risque. Tout le monde ici parvenait à son but, à condition de traverser quelques épreuves désagréables. Il fallait donc accepter ces passages délicats, sans s'affoler puisque tout se produisait finalement selon nos envies. Jusqu'ici, elle avait eu raison. Nous nous étions toujours sorties, la tête haute, de tous nos problèmes. Je pris donc le parti d'attendre calmement que la colère de notre environnement s'apaise. Bien sûr, j'eus quelques difficultés à ne pas sursauter quand le tonnerre gronda ou lorsqu'une femme entra dans la guérite. Elle ne semblait pas nous voir. Elle s'était mise à l'abri à cet endroit. Elle observait le château.

— Bonjour, je suis un Almour. Vous travaillez au château d'Alpagos ? demanda Alonn.

Elle ne nous entendait pas. Alonn tendit la main vers elle, mais il ne parvint pas à la toucher. Son corps était comme celui d'un fantôme. D'ailleurs, elle se volatilisa quelques secondes plus tard. Alonn reprit sa place tout près de moi et s'endormit sur mon épaule.

La fin du monde tardait à s'achever, je m'habituais au chaos. Tant qu'Alonn restait à mes côtés, j'étais capable de tout supporter. Je m'endormis à mon tour.

19

À notre réveil, tout sembla rentré dans l'ordre. Je pointai le nez hors de la guérite. Le calme était revenu. Le parc était de nouveau verdoyant et bien entretenu, le château avait retrouvé ses contours parfaits.

Alonn fut incapable de m'expliquer ce qui nous était arrivé. Cependant, il avait retrouvé son énergie et se sentait d'attaque pour tenter de m'accompagner à l'orphelinat.

Il n'est plus amoureux, pensai-je. Cela m'attristait. C'était si compliqué d'être traitée de la sorte, de vivre dans le doute permanent, de passer en quelques minutes du statut de grand amour à celui de simple relation, de ne pas pouvoir avoir confiance en celui que je croyais aimer. Néanmoins, j'étais ravie à l'idée que j'allais peut-être rentrer chez moi et sauver les miens.

— Tu ne veux pas aller voir ton père ? demandai-je. Nous sommes juste devant sa porte. Ce serait dommage de repartir sans lui avoir demandé le nom de ta mère, non ?

J'essayais sans doute de retarder mon départ. J'étais si bien en compagnie d'Alonn.

Il avança devant la porte majestueuse et actionna la cloche. Mais personne ne vint nous ouvrir.

Nous croisâmes en repartant le majordome dans le parc.

Alonn se présenta.

— Je suis Alonn, l'Almour, le fils d'Alpagos.

— Alvin, éternel laquais au service d'Alpagos, annonça-t-il comme à son habitude. Par le grand Rouvineur, nous vous avons cherché partout, monsieur Alonn ! La Grande Chouette en était malade.

— La Grande Chouette ne supporte pas que les gens lui échappent, de toute façon. Elle veut tout contrôler, fis-je remarquer.

— Depuis quelque temps, elle ne contrôle plus grand-chose, répondit le valet.

Il s'interrompit, me dévisagea quelques secondes et me reconnut. Il prétendit se souvenir de tous les visiteurs de leur palais.

— Il faut dire qu'ils ne sont pas nombreux à venir ici. C'est dommage, mon maître adore les entendre calambrer. Il est un peu… dérangé, vous savez. Son père n'était pas comme ça, lui.

Comme il s'était montré assez complice avec Aglaé, Ginger et moi, je n'hésitai pas à lui poser des questions.

— Alonn voudrait connaître le nom de sa mère. Il a du sang mogador, en réalité.

— J'ai prêté serment sur le livre des règles d'Alvénir. Je ne peux rien vous dire. Une chose est certaine : les Mogadors sont partout aujourd'hui. Le Diable Vert s'est installé à Abbey Road, dans l'autre monde, et tous les Mogadors attendent leur tour pour immigrer là-bas. Il paraît qu'ils ont déjà envahi l'abbaye et l'orphelinat. C'est la petite qui était avec vous qui sert de passeur. Voilà des mois que ça dure. Le pays Mogador se vide. Tout le monde va s'installer chez vous. À ce rythme-là, Alpagos va bientôt être ruiné. Si Alvénir ne vend plus ses récoltes aux Mogadors, Alpagos n'aura plus sa place ici. Je vous l'avais dit, son père était un bien meilleur Rouvineur que lui. Alpagos ne pense qu'à s'enrichir et à calambrer. Il n'a pas le sens des affaires du pays. Il ne voit que son profit personnel. «Tel père, tel fils», ça ne fonctionne pas à tous les coups…

— Vous dites que ça fait des mois que ça dure ? Mais ce n'est pas possible ! J'ai quitté l'abbaye hier. Le

Diable et ses acolytes venaient d'arriver avec l'intention de s'y installer.

Le Diable Vert avait réussi à détrôner provisoirement Alsima, la fille d'Altenhata. Une vengeance personnelle, avait-il annoncé. Il s'était introduit chez Chronos et lui avait dérobé une arme.

— Jusqu'à ce qu'Alsima reprenne le contrôle des Portes ce matin, nous avons eu de gros problèmes de temps.

— Nous aussi, il me semble, dit Alonn.

— Les Almours et les gens de votre monde ne devraient théoriquement pas être touchés par ces dérèglements…

— Nous nous sommes rendu compte qu'il se passait des choses étranges. Le château d'Alpagos a pris feu, n'est-ce pas ?

— Les Mogadors voudraient faire tomber notre gouvernement. Mais la Grande Chouette essaie de nous défendre. Cela fait des siècles que ce Diable nous persécute… Il s'en va, il revient. Il met le feu partout. C'est une histoire sans fin.

— Il a peut-être de bonnes raisons d'insister, remarquai-je. Les Mogadors sont si mal traités par le peuple d'Alvénir.

— Ce sont des êtres dangereux, rétorqua Alvin.

— Ils vous font peur parce qu'ils sont moins

dociles que vous. À mon avis, ils sont sans doute plus intelligents. C'est ce qui dérange la Grande Chouette. Ce n'est sans doute pas pour rien que l'on apprend la soumission et la discipline à l'école bien plus que la réflexion et la débrouillardise. Un peuple de moutons résigné et obéissant est beaucoup plus facile à manipuler.

– Vous savez, je ne suis qu'un éternel laquais. Je suis lié pour l'éternité à ce lieu, à ce travail. Je suis satisfait de ma condition, même si je dois avouer que je préférais travailler pour le père d'Alpagos, insista-t-il.

Il ouvrit alors de grands yeux surpris et inspira, l'air excédé.

Alpagos venait de sortir de sa demeure. Il portait un large plateau rempli de raisins et picorait des grains en marchant. Je ne l'avais encore jamais vu, mais je sus immédiatement que c'était lui. Il ressemblait à une caricature d'Alonn. Son menton était trop saillant, comme celui d'une sorcière, ses yeux plus enfoncés et noirs. Il avait en plus une allure un peu dérangée. Il grognait en avalant son raisin. J'aurais préféré ne jamais le rencontrer. Il venait de gâcher l'image parfaite que je me faisais d'Alonn. En vieillissant, il prendrait peut-être les traits durs et antipathiques de son père. Mais pourquoi pensais-je à cela ? Avais-je la moindre intention de vieillir avec cet Almour qui n'éprouvait à nouveau plus de sentiments à mon égard ? Quelle fille aurait pu supporter cette aberrante cyclothymie amoureuse ?

Alvin annonça à son maître qu'il avait retrouvé Alonn. Il savait se mettre en valeur. Peut-être lui aussi, comme Aljo, collectionnait-il des médailles ridicules.

— Alonn ! C'est donc toi, mon fils ! Nous nous sommes déjà rencontrés, il me semble.

Alonn ne parut pas vexé par cette remarque. Il confirma les dires de son père sans laisser transparaître la moindre émotion.

— La Grande Chouette t'a cherché partout. Tu dois retourner à ton poste. Le peuple est en difficulté. Il a besoin de toi.

— Je ne veux pas retourner au Palais, j'ai une autre mission en cours, dit Alonn.

Je n'en revenais pas. Je restai figée, les yeux écarquillés devant l'Almour. Que s'était-il passé pendant notre sommeil, pendant que le temps se déréglait, pendant que les Mogadors envahissaient l'abbaye ? Alonn réagissait soudain d'une façon très humaine, sans pour autant paraître abattu par la maladie d'Almour.

— Tu n'as pas le choix, fit remarquer Alpagos. Ta mère t'attend.

— Ma mère ! s'exclama Alonn.

— Sa mère ? hurlai-je à mon tour.
— La Grande Chouette, précisa Alpagos en avalant une grappe de raisin.
— Vous n'étiez pas supposé le dire, observa Alvin. Souvenez-vous…
— Dire quoi ? De quoi parles-tu ? demanda Alpagos, l'air ahuri.

Il semblait perdre le fil de ses pensées.

— Alonn ne devait pas savoir que la Grande Chouette était sa mère, précisa Alvin tout bas.
— Ah bon ? lâcha le Rouvineur, qui avait l'air de s'en ficher complètement.
— Mais ce n'est pas possible ! Alonn a du sang mogador ! Regardez ses empreintes, m'écriai-je.
— Regardez les empreintes de la Grande Chouette. Regardez mes empreintes, continua Alpagos.
— Mon maître, vous devriez rentrer. Je crois que vous êtes encore fatigué, conseilla Alvin.
— Je rentre, mais vous allez calambrer pour moi, mademoiselle, m'intima-t-il.
— Désolée, je n'ai pas le temps, répliquai-je en me dirigeant vers la sortie de la propriété.
— Oh, vous savez, le temps ne fonctionne plus comme il le faudrait ! Prenez du raisin, dit-il en tendant son plateau, et venez calambrer dans mon théâtre ! Et toi, le petit, retourne voir ta mère.

Alvin leva les yeux au ciel à plusieurs reprises, visiblement exaspéré par le comportement d'Alpagos.

— Je dois décliner votre invitation, annonçai-je poliment.

— Ce n'est pas une invitation, c'est un ordre, m'enjoignit-il calmement en avalant une petite grappe.

— Mais je ne suis pas un habitant d'Alvénir ! Je suis libre de faire ce que je veux.

— Elle vient d'Abbey Road, souffla Alvin à l'oreille de son maître.

— Parfait. Ces gens-là savent calambrer mieux que quiconque.

Alvin nous fit discrètement signe de partir.

— C'est la journée des Éphémères aujourd'hui. Ils ne travaillent pas. Personne ne garde les terres d'Alpagos. Vous circulerez à votre aise, m'informa-t-il. Et... vous avez raison, quoi qu'on en dise, les gens qui ont du sang mogador ont quelque chose en plus.

Il regarda Alpagos d'un air désespéré.

— Ou en moins... soupira-t-il.

Il s'approcha de lui, le prit par le bras et le raccompagna au château.

— Gardes, amenez-moi la jeune fille dans le théâtre ! s'écria Alpagos.

Alvin lui fit poliment remarquer qu'ils étaient seuls au château et qu'aucun garde ne pouvait l'entendre.

Il se retourna, comme s'il venait d'oublier quelque chose, se dirigea vers Alonn, lui tapota la joue et dit :

– J'ai au moins fait une chose de bien dans ma vie.

Alonn le remercia sans toutefois laisser paraître plus d'émotion que d'habitude, mais Alpagos ajouta :

– J'ai ciré moi-même mes chaussures, ce matin. Il faut le vivre au moins une fois, je t'assure.

20

Nous quittâmes les terres d'Alpagos en discutant.
– Mon père est fou ! Heureusement que je n'ai pas grandi à ses côtés. Quant à ma mère… j'ai du mal à y croire ! commenta Alonn. Ma mère… la Grande Chouette !
– Moi j'y crois. Je comprends maintenant pourquoi elle voulait à ce point que je te guérisse. En fait, elle tient à toi comme une mère. Ce ne doit pas être évident de donner son enfant à la patrie, même si c'est une fierté d'avoir mis au monde un Almour.

Alonn se demandait si Alpagos avait menti à propos des empreintes.
– Je crois qu'un être d'Alvénir n'est pas capable de gouverner s'il n'est pas métissé, l'éclairai-je. Vos origines mogadores sont peut-être lointaines mais, en ce qui concerne Alpagos et la Grande Chouette, elles me semblent évidentes.
– Et en ce qui me concerne ?

— J'avais des doutes à cause de ton obéissance maladive. Je crois simplement que tu étais persuadé que tu ne pouvais pas te comporter autrement. Tu n'avais jamais essayé autre chose parce que tu n'as grandi qu'entouré d'Almours. J'étais comme toi lorsque je suis sortie de l'orphelinat, la première fois. J'avais si peur de suivre mes propres intuitions, d'être moi-même. Toi tu n'avais pas peur, mais tu n'avais pas le choix.

— Tu as toujours des doutes ?

— Toujours. Je doute de tes sentiments.

Nous marchions hors du sentier. Nous foulions des herbes très hautes, parsemées de fleurs des champs. Alonn ne disait plus rien. Il avançait, l'air soucieux. J'aurais bien aimé qu'il m'embrasse encore, même si nous devions nous concentrer sur mon retour à l'abbaye. Alonn savait être sérieux.

Au bout du champ, j'aperçus une silhouette qui venait à notre rencontre.

— Margarita ! m'exclamai-je. Elle est venue me chercher.

— Elle n'a pas pu venir seule ! s'exclama Alonn.

Il me fallut quelques secondes pour m'apercevoir qu'il devait s'agir encore une fois du reflet de mon amie.

— Oh, merci ! Tu m'en as tricoté une, comme

promis ! constata-t-elle, sans même nous saluer, lorsqu'elle arriva à notre hauteur.

Elle essaya de me retirer l'écharpe de Maman.

– Heu ! je suis désolée, je n'ai pas eu le temps de t'en faire une. C'est la mienne. Je ne peux pas te la donner.

Les reflets étaient décidément des êtres casse-pieds et collants. Nous ne parvenions pas à nous débarrasser de cette fille qui insistait pour que je lui donne mon bien le plus précieux. Elle nous renseigna sur la situation actuelle d'Alvénir. La Grande Chouette semblait effectivement en bien mauvaise posture. Les Mogadors, dirigés par Volem, immigraient en nombre vers notre monde, laissant Alvénir à l'abandon. En effet, le personnel manquait dans toutes les entreprises du pays. Sans les Mogadors qu'on avait toujours utilisés pour les tâches les plus ingrates, plus rien ne fonctionnait normalement.

Je restais confuse quant aux chamboulements temporels qui avaient affecté Alvénir. Comment tout cela avait-il pu se produire si vite ?

– Tu vis avec les repères de ton monde, remarqua Alonn. Pour une fois, c'est toi qui manques d'ouverture. Accepte ce qui est, sans chronologie. C'est le présent qui doit t'intéresser. Tu penses toujours à hier, à demain, à ce que nous serons quand nous serons vieux, à ce que tu as vécu avec tes parents, avec les sœurs… et, du coup, tu ne profites pas de l'instant.

— Il paraît que ta copine va essayer de réparer les erreurs du Diable Vert, dit le reflet.

— Ginger ?

Elle hocha la tête.

Je me réjouis à l'idée que Ginger ait enfin décidé de se débarrasser de sa voix latine mais je fus prise d'angoisse en l'imaginant repartir seule à l'aventure. J'avais l'impression d'avoir toujours été une grande sœur utile pour elle. Sans moi, j'avais peur qu'elle ne s'en sorte pas. Elle était encore si jeune. Je revoyais son joli minois. Elle me manquait tant.

— Tu es trop prétentieuse, commenta Alonn. Tu penses toujours que tu es indispensable.

— Tu lis encore dans mes pensées… soupirai-je. C'est agaçant.

— Cela dit, il t'arrive d'être indispensable, ajouta-t-il. Sans toi, je serais mort.

— Sans moi, tu ne serais jamais tombé malade. Je suis plutôt un fardeau qu'un sauveur ! remarquai-je.

Le reflet marchait derrière moi en tenant le bout de mon écharpe, de sorte qu'elle m'étranglait par à-coups.

— Où vas-tu maintenant ? lui demandai-je pour essayer de me débarrasser d'elle.

– Je vous suis.

– Mais je rentre à l'abbaye.

– Moi aussi. J'aimais bien vivre derrière le miroir*.

– Je crois que ce n'est pas le moment de revenir, lui conseillai-je. L'abbaye n'est plus très accueillante, tu sais.

Comme d'habitude, j'eus beaucoup de mal à éloigner cette idiote bavarde. Mais en Alvénir, selon Ginger, tout devait aboutir et se terminer selon mes souhaits. Devant mes multiples tentatives inutiles visant à renvoyer le reflet chez elle, je décidai de laisser ce fameux destin positif, propre à Alvénir, faire son travail. Je pourrais ainsi constater réellement la véracité des affirmations de Ginger.

Nous approchions de la source sacrée. J'entendis les ailes d'Alfébor claquer au-dessus de nos têtes. Il se posa sur une branche à notre hauteur.

– Tiens, tiens, un Almour ! dit-il. Auriez-vous besoin d'eau sacrée ?

Alonn réfléchit et accepta de remplir une demi-bouteille.

Cette proposition devait avoir un sens, une utilité

---

* Dans le tome 1, le reflet habitait dans les sous-sols de l'abbaye, derrière le miroir.

dans notre aventure. Je doutais malgré tout de la théorie de Ginger, car le reflet ne nous avait toujours pas quittés. J'imaginais déjà le moment où il allait nous suivre, nous encombrer et s'ennuyer à l'orphelinat.

— Je vois souvent votre amie... la petite qui a du sang sacré, dit le hibou. Elle passe, elle repasse avec des tas de gens.

Je voulus savoir quand il avait vu Ginger pour la dernière fois.

— Nous avons eu de gros problèmes de temps. « Quand ? » est donc une question à éviter, une question stupide, rétorqua-t-il.

— De toute façon vous avez toujours trouvé toutes les questions stupides, grommelai-je.

Le reflet, qui semblait bien renseigné sur les commérages du pays, me signala que Ginger avait envisagé de retourner dans le passé avec l'aide d'Alsima. Elle était accompagnée par un Mogador.

— Mauk ! m'exclamai-je.

Cependant, Mauk ne pouvait pas retourner dans le passé. Il avait dépassé sa date de retour. Alfébor précisa qu'Alsima avait toujours fait des exceptions pour ceux qui aidaient le monde d'Alvénir.

— Alors Mauk est reparti chez lui, soupirai-je.

Il allait me manquer. J'essayais de ne pas trop y penser de peur qu'Alonn n'y pense à son tour.

— Il va te manquer, n'est-ce pas ? suggéra tout de même l'Almour.

Je hochai la tête et fus prise d'un sanglot. J'étais à bout de nerfs et de fatigue. Alonn m'enlaça. Je lui demandai s'il s'agissait d'un câlin d'Almour ou d'un câlin d'Alonn. Il me répondit :

— Non, non, non, je ne marche pas dans ce jeu-là. Je ne te dirai pas ce que tu attends que je dise.

— Pourquoi as-tu besoin de me laisser dans le doute ?

— Cette question est idiote, lança Alfébor, qui, du haut de son perchoir, avait tout écouté.

— Cette question est sensée, rectifia Alonn, mais je ne sais pas y répondre.

J'avais beaucoup de mal à saisir ce qui avait pu se produire ici et à l'abbaye, pendant ma courte absence. On nous racontait des aventures inimaginables. J'avais hâte de rentrer pour comprendre. Je préférais croire qu'Alvénir ne fonctionnait plus normalement et que les informations du présent, du passé et de l'avenir s'étaient emberlificotées, de sorte que plus personne ne saisissait vraiment ce qui se passait.

Alonn salua Alfébor et avança vers la zone qui nous permettait habituellement de retourner à l'abbaye.

L'autre Margarita ne cessait de me parler de l'écharpe que je devais lui tricoter.

— Je vais venir avec vous. Comme ça, je serai sûre que tu n'oublieras pas mon cadeau.

Nous traversâmes la partie magique du petit bois dans tous les sens, mais rien ne se produisit. Alonn finit par désespérer.

— Je crois que je n'ai pas le talent de passeur de Ginger, constata-t-il. Nous sommes condamnés à rester ici en attendant qu'elle revienne.

J'insistai.

— Marchons encore, je suis certaine que tu vas y arriver. Tu as du sang sacré et du sang mogador, comme elle.

La Grande Chouette surgit soudain d'entre les arbres.

Elle ne portait pas sa veste de smoking, mais une banale tunique. Elle n'était pas enveloppée de son brouillard habituel. Elle semblait fatiguée et très en colère.

— Pourquoi faut-il que je vous coure après comme ça ? En plus, je dois tout faire à pied depuis que Volem a gelé mes pouvoirs ! Et toi, le reflet, que fais-tu dans ce périmètre ? Tu sais bien que tu n'as pas le droit d'être ici ! Vous m'épuisez, à la fin, vous pensez que je n'ai pas assez de travail ? Le pays est en grande difficulté. Toute la main-d'œuvre a fichu le camp, les révolutionnaires incendient nos bâtiments publics, nous ne vendons plus rien aux Mogadors... Ils disent qu'ils reviendront en Alvénir si nous revoyons notre politique et si nous acceptons des Mogadors au gouvernement.

– Mais vous l'avez cherché ! lançai-je. Vous récoltez ce que vous avez semé. Vous avez toujours considéré les Mogadors comme un peuple inférieur, mais si l'on en croit Alpagos, vous-même avez quelques origines peu recommandables...

– Et si l'on en croit Alpagos, vous êtes ma mère, ajouta Alonn.

– Le pauvre homme est délirant, répondit-elle, l'air embarrassée.

– Vous ne devriez pas mentir, ça ne vous va pas du tout, répliquai-je.

Puisqu'elle était privée de ses pouvoirs, je me sentais libre de lui expliquer ce qui me tenait à cœur sans avoir peur de me retrouver enfermée dans son Palais.

– Et puis... je ne veux pas me faire l'ambassadeur des Mogadors, mais vous devriez effectivement revoir l'organisation de votre pays d'une façon plus équitable. Vous pourriez ainsi vivre en paix. Les Mogadors doivent faire partie de votre gouvernement. Vous savez mieux que quiconque ce qui fait votre force et ce qui fait celle d'Alpagos. Vous craignez qu'à force de métissages le peuple d'Alvénir acquière un sens de la réflexion, de l'autorité et de la révolte semblable au vôtre, ce qui vous rendrait tout à fait banale, n'est-ce pas ?

— Quand même, les Mogadors sont des êtres dangereux et méchants, commenta le reflet.

Bien que les reflets aient été connus pour leur simplicité d'esprit légendaire, le reflet de Margarita incarnait malgré tout la pensée réflexe des habitants d'Alvénir. Une certaine bêtise à vrai dire innée, certes, mais aussi largement acquise dans ce monde qui filait droit, sans la possibilité de remettre quoi que ce soit en question.

La Grande Chouette ignora ce que je venais de dire. Je me réjouissais tout de même d'avoir pu m'exprimer de la sorte. J'avais pris beaucoup d'assurance en quelques heures. Chaque voyage en Alvénir me rendait plus forte, plus grande, plus mûre.

— Alonn, tu vas rentrer avec moi au Palais avec les autres qui travaillent dur pour sauver notre pays.

— Non, répondit l'Almour.

Juste non. Le plus joli « non » que j'aie jamais entendu. Il tendit sa main droite devant les yeux de sa prétendue mère en agitant les doigts.

— Mogador, ajouta-t-il seulement.

La Grande Chouette trépigna, furieuse de ne plus pouvoir utiliser ses pouvoirs de téléportation, de ne plus contrôler son monde. Elle finit, malgré elle, par avouer qu'elle était la mère d'Alonn lorsqu'elle lâcha :

— Tu as bien le caractère de ton père, tiens ! Heureusement que tu avais les yeux violets et que je n'ai pas pu t'élever moi-même.

Alonn ne répondit pas. Le silence était sa cotte de maille.

— Et toi, le reflet, je vais être obligée de te retenir au Palais avec les reflets récidivistes ! enchaîna la Grande Chouette.

Elle prit par le bras la jeune fille, qui se débattit violemment et s'enfuit à travers bois.

C'était donc ainsi qu'Alvénir avait décidé de nous séparer de cette jeune fille qui, reconnaissons-le, avait eu le mérite de nous fournir de nombreuses informations sur la situation actuelle d'Alvénir, le Diable Vert, Ginger et les autres.

Tout avait donc un sens, une utilité. Même une fille idiote pouvait être une source précieuse d'informations. Je devais retenir cette leçon, rester ouverte aux autres en toutes circonstances. Car même si, dans notre monde, les aventures ne s'achevaient pas forcément dans des conditions optimales, ce que l'on trouvait sur notre chemin ne devait jamais être négligé, faute de passer à côté des soutiens nécessaires à la réussite de nos entreprises.

Alonn expliqua tranquillement à sa mère qu'il était temps qu'il vive sa propre vie parce que, jusqu'ici, il n'avait vécu qu'une vie d'Almour. Elle tenta alors de le rendre docile à nouveau en lui assurant que de nombreuses personnes auraient aimé naître Almour. Il s'agissait d'une chance dont il devait profiter, d'une charge dont il devait être fier.

Néanmoins, Alonn avait découvert une nouvelle partie de lui et ne comptait plus se laisser faire. Il me prit par la main et tourna le dos à la Grande Chouette.

— Salut ! lui dit-il.

— Où va-t-on ? lui murmurai-je.

— Je ne sais pas encore, mais j'y vais le cœur joyeux, répondit-il.

Il sourit. Ce fut son deuxième sourire véritable. Il découvrait enfin ce qu'Eulalie lui avait enseigné : le bonheur.

21

Il faut croire que la capacité d'être heureux était l'ingrédient qui avait manqué à Alonn jusqu'ici pour passer dans l'autre monde, car, quelques minutes plus tard, alors que nous tournions autour du sapin foudroyé, le bois de l'abbaye nous ouvrit ses portes. Je devrais dire « m'ouvrit ses portes ». En effet, je me retrouvai seule dans l'allée si souvent empruntée qui menait au manoir. J'appelai « Alonn ! Alonn ! » à plusieurs reprises, je revins sur mes pas, je le cherchai partout, mais il ne réapparut pas. Je me sentis abandonnée. Alonn avait disparu en découvrant le bonheur. Où pouvait-il être maintenant ? Qu'était-il devenu ? Un rayon de soleil, le souffle du vent, l'un de ces insectes qui circulaient sur le tronc d'un grand if ? Je continuai à l'appeler. J'imaginais que j'allais soudain entendre : « Je suis là ! »

Je n'arrivais pas à avancer dans l'allée. J'étais sûre

qu'il allait réapparaître d'une façon ou d'une autre et je ne pouvais pas le laisser seul ici. Il avait besoin d'un guide. Quel bon guide j'allais faire ! J'avais tant de choses à lui faire découvrir. J'attendis donc un long moment, je m'aventurai à gauche et à droite du bois. Je criai son nom de plus en plus fort. Dès qu'une branche craquait, mon cœur sursautait. Mais il faut parfois accepter de méchantes réalités. Dans ce monde-ci, tout était vrai. Je devais admettre la disparition d'Alonn.

Je me résignai donc à quitter le bois, passai devant la roseraie et le potager, que je ne pris pas le temps d'observer comme je l'aurais fait d'habitude. La rosée dans l'herbe m'indiqua cette fois encore que nous étions le matin. Le temps d'Alvénir et le nôtre ne fonctionnaient donc plus en phase. Les bâtiments étaient fermés. Tout le monde dormait encore. Je n'osai pas frapper aux portes des chambres des sœurs dans l'abbaye. J'avais peur de rencontrer le Diable Vert et de me faire recouvrir d'alchimine. J'hésitai quelques secondes devant le bureau dans lequel s'étaient installés Dawson et Aglaé. Compte tenu du caractère capricieux de Volem, l'organisation des lieux avait peut-être changé depuis mon départ. Je fis donc plusieurs fois le tour du parc en attendant une heure plus décente pour rejoindre mes amies dans leur nouveau dortoir du rez-de-chaussée. Elles n'avaient certainement pas changé de pièce en si peu de temps. J'envisageai de frapper directement à la grande porte-fenêtre dès qu'elles en auraient ouvert les volets. À plusieurs reprises, je fus tentée de réveiller tout le monde pour annoncer mon retour, mais je craignais trop les fantaisies nocives du Diable Vert pour me faire remarquer. Je marchai donc tranquillement autour de la propriété, observant tout ce qui pouvait être observé. J'avais l'impression que les arbres avaient poussé en mon absence. Et ce massif de fleurs pourpres, ces pots de pétunias qui tombaient en cascades devant les fenêtres, pourquoi ne les avais-je jamais remarqués avant ? J'avais dû être trop préoccupée ces semaines passées pour apprécier ce beau jardin. Qui avait pu l'entretenir de la sorte puisque nous n'avions plus de jardinier à l'abbaye ? Dawson, pensai-je, c'est sûrement lui qui a voulu s'occuper en embellissant notre quotidien. J'avais hâte d'être rassurée par sa présence paternelle, mais je tremblais aussi à l'idée de ne retrouver ici, de nouveau, qu'un troupeau possédé par le Diable Vert.

La petite porte basse à l'entrée du cimetière de l'abbaye était restée ouverte. Je me dis que j'allais peut-être y trouver une sœur, car les nonnes étaient habituellement plus matinales que nous. J'avais toujours un peu peur de m'aventurer dans cette partie de la propriété. Cependant, mon dernier voyage m'avait certainement rendue plus téméraire. J'entrai donc. La lumière rasante du matin et de jolies fleurs fraîches déposées sur une tombe rendaient le cimetière un peu moins lugubre qu'auparavant. Des oiseaux sifflaient leur joie dans une haie piquante. Des pollens flottaient dans le faisceau des rayons du soleil. Je voulus savoir qui reposait sous ce granit si fleuri. Je m'approchai en tremblant. Je n'aimais pas les sœurs, pourtant j'aurais eu de la peine à apprendre la mort de l'une d'entre elles.

Je poussai les bouquets de fleurs... et un cri de terreur.

Sur la tombe, on pouvait lire :

Joy MacInley

Voilà pourquoi je n'ai pas retrouvé Alonn, me dis-je. Voilà pourquoi je ne rencontre plus personne ici... je suis morte. L'année de ma mort, gravée sur la pierre, était celle de mon dernier voyage en Alvénir. Je n'avais pourtant aucun souvenir de maladie ou d'accident en dehors de cet étrange cataclysme dans le parc d'Alpagos.

Je m'étais assise sur le bord de ma tombe et ne parvenais pas à me remettre debout. J'avais les jambes coupées. Je m'étonnais d'ailleurs que des sensations physiques puissent m'importuner de la sorte, compte tenu de mon nouvel état. Je n'étais donc pas devenue une âme, pas plus que mon père et ma mère, qui eux aussi étaient restés « entiers ». Cependant, j'étais bien « morte et enterrée », tandis qu'ils restaient portés disparus. Je regrettai de ne pas avoir eu le temps de faire graver une plaque de marbre en leur souvenir, de ne pas avoir pu laisser des traces écrites de leur passage sur terre. Peut-être allais-je pouvoir enfin les rejoindre et partager leur vie sur cette petite île. Comme on devait s'ennuyer là-bas ! J'aurais donné cher pour vivre encore quelques années, mais de toute façon je n'avais pas un sou.

J'aurais mieux fait de ne jamais rentrer d'Alvénir, me dis-je. J'aurais pu vivre de beaux moments avec Alonn. Mais il était trop tard pour regretter, pour recommencer, pour envisager des solutions de vie. Maintenant je n'avais plus que des solutions de mort. Je fus prise d'une soif intense et me précipitai à la fontaine du jardin pour l'assouvir.

– Tiens, les morts boivent, pensai-je. Je n'aurais jamais cru ça !

La mort rendait l'abbaye bien plus belle, bien plus

calme. Peut-être me sentais-je plus légère, enfin débarrassée de la peur du Diable Vert et de l'autorité des sœurs. Je découvrais le parc sous un autre aspect. Désormais tous les coins m'étaient permis, je pouvais m'asseoir où cela me chantait et chanter où je m'asseyais. Je pouvais laisser libre cours à toutes mes envies. Les nouvelles fleurs continuaient à me perturber. Par qui avaient-elles été plantées aussi rapidement ?

Qu'allais-je faire de mon temps ? Errer de la sorte sans jamais rencontrer personne ? Existait-il un lieu dans les parages où les morts se réunissaient ? Une chorale, un club d'échecs ?

À plusieurs reprises, je retournai devant ma tombe pour m'assurer que je n'avais pas rêvé. Lors de ma troisième visite, j'aperçus une jeune fille de dos. Elle était en train de déposer une rose jaune à côté des autres fleurs.

Soit des morts fleurissaient ma tombe, soit j'étais en mesure de voir ce que faisaient les vivants !

Je m'approchai de la fille.

— Bonjour, lançai-je.

Elle sursauta et poussa un long cri de terreur en m'apercevant. Elle ressemblait beaucoup à June, mais elle était plus grande, ses cheveux étaient bien plus longs et son visage moins joufflu.

– June ? bafouillai-je.

Elle dit qu'elle se sentait mal et s'assit au pied de ma tombe en tenant son visage entre les mains. Elle leva timidement les yeux deux fois et me dévisagea.

– Joy, c'est toi ? fit-elle d'une voix tremblante.
– Tu me vois ? m'étonnai-je. Tu vois les morts ?
– C'est bien ce qui m'effraie, répondit June.
– Pince-moi ! ordonnai-je.

Elle hésita. Sa main tremblait.

– Aïe ! hurlai-je. Je me demande tout de même si je suis vraiment morte !

June pointa du doigt mon nom sur la tombe. Elle avait l'air abasourdie.

– Tu es morte depuis deux ans… Et depuis deux ans, chaque matin, je dépose une fleur sur ta tombe avant d'aller prendre mon petit déjeuner.
– Comment suis-je morte ?
– Tu n'es jamais revenue d'Alvénir. Ginger t'a cherchée partout là-bas. J'étais si triste… Tu étais ma meilleure amie.

Je lui ouvris les bras pour l'embrasser et sentis sa chaleur et ses larmes.

– C'est bizarre, on dirait que tu es là pour de vrai, s'exclama-t-elle.
– Tu sais, je crois que je ne suis pas morte,

finalement, remarquai-je. Emmène-moi auprès des autres. Nous verrons s'ils me voient comme tu me vois.

Nous nous rendîmes au réfectoire. Une jeune sœur que je ne connaissais pas surveillait le petit déjeuner. Elle ne sembla pas surprise de me voir. Sans doute ne connaissait-elle pas encore les visages de chacune d'entre nous… ou peut-être ne me voyait-elle pas. Mon cœur s'affola, je croisai les doigts pour que June ne soit pas la seule à m'avoir remarquée.

Heureusement, Hope ne tarda pas à se précipiter sur moi. Elle avait beaucoup changé, elle aussi. Même sa voix me parut différente.

— Joy ! Tu es revenue ! Je savais que tu reviendrais ! Je leur avais dit que tu n'étais pas morte !

Elle me sauta dans les bras. Quant à Prudence, si grande et élancée désormais, elle répétait :

— Joy, Joy, Joy ! Je rêve !

Ma non-mort se confirmait à chaque minute. Chaque fille vint m'embrasser et me confier comme elle avait pleuré ma disparition. La jeune sœur devait penser que j'étais une amie en visite. Elle nous souriait gentiment. Même Louiséjessalyn me firent deux bises chaleureuses. Qu'il était bon de revenir chez nous !

Je n'eus pas le temps d'en savoir plus sur ces

années qui avaient passé sans moi, Ethelred fit son entrée dans le réfectoire. Elle se dirigea vers la table où était posé le pot de café destiné aux sœurs.

— Bonjour, mes petites cocottes, lança-t-elle.

Je n'en revenais pas. Il ne pouvait s'agir d'Ethelred.

— Joy est revenue, Joy est revenue ! hurla Hope.

Ethelred marqua un temps d'arrêt, fronça les yeux pour mieux me voir et s'écria en marchant vers moi.

— Dieu soit loué ! C'est un miracle ! Comment est-ce possible ?

Elle m'attira contre elle. Elle sentait toujours ce curieux mélange de naphtaline et de noix de muscade. Elle exprimait beaucoup plus d'empathie qu'à l'accoutumée.

— Où étais-tu pendant tout ce temps, ma petite cocotte ? demanda-t-elle.

Je m'inquiétai de nouveau. Louiséjessalyn étaient devenues sympathiques, Ethelred appelait les filles ses « petites cocottes » et paraissait soudain très chaleureuse… Je ne devais pas être dans la réalité. Quelque chose ne tournait pas rond.

Je résumai mes aventures à l'assemblée. Ethelred ne comprenait pas grand-chose à ces histoires d'Alvénir, mais ponctuait tout ce que je disais de « pauvre petit bout de chou ! ».

Je demandai à Prudence ce qui pouvait expliquer ce changement de comportement plutôt surprenant.

— Le Diable Vert lui a jeté un sort avant de repartir en Alvénir, répondit-elle, l'air radieuse. Elle sera gentille tout le reste de sa vie !

Le Diable Vert n'était donc plus là. J'appris qu'il était resté à l'orphelinat quelques mois, et que des centaines de Mogadors avaient alors envahi l'abbaye, le village et ses environs. Certains d'entre eux vivaient ici désormais. Mais le Diable, lui, avait réussi à imposer de nouvelles lois favorables à une véritable intégration des Mogadors en Alvénir. Cependant, pour arriver à ses fins, Volem avait tout de même semé la terreur à l'abbaye et en Alvénir pendant des siècles et Ginger, encouragée par Alfomène Sitranpuk, explorait le passé d'Alvénir depuis plusieurs jours afin de tenter de réparer les erreurs de son grand-père.

— Est-ce que Mauk est avec elle ? demandai-je.

— Mauk t'a attendue. Mauk t'a pleurée, avoua Prudence. Je crois qu'il t'aimait vraiment beaucoup. Il avait pris le poste de jardinier ici. C'est à lui que l'on doit toutes nos belles plantations. Et puis, lorsque Ginger s'est arrangée avec Alsima pour repartir dans le passé, il a décidé de l'accompagner pour l'aider à convaincre Volem d'éviter la première révolte des

Mogadors. Il nous a dit qu'il avait beaucoup apprécié le temps passé à l'abbaye, mais que, sans toi, il n'avait plus rien à faire ici.

J'essayai de retenir mes larmes. Je devais me réjouir d'avoir retrouvé les miens.

— Si Ginger intervient sur le passé, notre histoire entière risque de changer. Si le Diable Vert n'avait pas été banni d'Alvénir, il n'aurait pas habité ici, et nous n'aurions pas vécu toutes ces aventures, dis-je.

— Nous aurons toujours vécu ces aventures. Par contre, il est possible que nous ne nous souvenions plus de rien si Ginger parvient à ses fins, m'expliqua Prudence.

— Mais Ginger, elle, se souviendra, n'est-ce pas ? demanda Hope.

Son ton assuré indiquait qu'elle connaissait déjà la réponse. D'ailleurs, elle ajouta :

— Elle nous a promis qu'elle se souviendrait de tout.

On aurait dit qu'il était important pour les orphelines de garder, malgré tout, des souvenirs des jours que nous venions de traverser. J'aurais bien voulu oublier tout le mal que ce Diable Vert avait provoqué et ne garder que mes souvenirs amoureux, mais peut-être que bientôt Alonn et Mauk ne seraient plus que des personnages du récit de Ginger.

Cette énorme possibilité de changement m'effrayait un peu, contrairement aux autres filles qui s'étaient laissé convaincre par Ginger de l'utilité d'effacer les méfaits de son grand-père. J'étais impatiente de reprendre une vie normale et surtout de revoir Margarita et ses parents, mais je ne voulais pas oublier les sensations merveilleuses provoquées par les baisers d'Alonn. Je ne voulais pas oublier mon voyage dans le temps, blottie contre Mauk dans la montgolfière… Et puis je ne voulais pas oublier tout ce que j'avais appris pendant ces aventures. J'étais devenue bien plus forte.

— C'est juste que tu as grandi, m'assura June. Tu te serais sentie plus mûre de toute façon. Et qui sait, peut-être aurais-tu rencontré d'autres garçons plus accessibles qu'Alonn et Mauk. Il faut faire confiance à la vie.

— La vie peut-être, mais la magie, c'est un autre problème, rétorquai-je.

— La vie, comme la magie, est remplie de surprises et de choses inexplicables, remarqua Prudence.

Je voulus comprendre comment les vingt malades étaient sorties de leur torpeur sans alchiminott.

— Le Diable Vert a tenu ses promesses. Il nous avait dit qu'il nous aiderait si on le laissait s'installer ici, expliqua Daffodil.

– Ce n'est pas qu'un mauvais bougre, ponctua sœur Ethelred.

J'avais du mal à me faire à la nouvelle Ethelred. S'agissait-il toujours de la même personne ? Allait-elle redevenir aussi méchante qu'avant si Ginger parvenait à modifier le passé du Diable ?

Finalement, le Diable Vert nous avait tout de même fait un beau cadeau de départ en transformant sœur Ethelred de la sorte.

22

Malgré le lit neuf qu'on m'avait attribué, je peinai à m'endormir pendant les nuits qui suivirent ce retour. Hope avait gardé ma malle à côté de la sienne, persuadée que je reviendrais un jour. J'avais donc retrouvé Smile et tous mes souvenirs d'enfance. Mais j'avais beaucoup de mal à accepter d'avoir perdu deux ans. Les avais-je vraiment perdus ? En Alvénir, j'avais appris plus de choses en quelques jours que tout ce que j'aurais pu découvrir ici en deux ans. Je fus assez choquée le jour où nous fêtâmes mes seize ans.

— Tu es rentrée juste à temps pour souffler tes bougies ! remarqua sœur Alarice, toute joyeuse.

On m'assura qu'elle n'avait pas été frappée par l'un des sorts de Volem. Sa bonne humeur n'était donc due qu'à mon retour. Je m'en réjouis. J'aimais bien être la cause du bonheur des autres.

Margarita et sa famille passaient me voir tous les

deux jours. Ils avaient tous beaucoup changé. Dawson avait quelques cheveux blancs. Sans doute s'était-il fait trop de souci. Margarita ressemblait à une princesse. Quelle allure ! Quelle élégance ! Elle n'avait plus rien à envier à sa mère, qui lui avait transmis toutes les manières des dames du monde. Aglaé, elle, s'était fait couper les cheveux comme un garçon. Cela mettait en valeur les traits réguliers de son visage, mais accentuait ses premières rides d'expression.

J'allai passer une nuit au château de Sulham. Quelle ne fut pas ma surprise lorsque je m'aperçus que Virginia, la femme aveugle qui nous avait aidées à plusieurs reprises, était assise à côté du cocher !

– Je lui avais promis d'organiser une rencontre avec Wesley, expliqua Margarita. Depuis, ils ne se sont plus quittés. Ils sont aussi amoureux qu'il y a trente ans. Elle habite avec lui au château, désormais.

– Nous avons fait des heureux, répliquai-je.

Les modifications du passé prévues par Ginger allaient peut-être aussi remettre en question ces merveilleuses retrouvailles. Plus les jours passaient et plus je rêvais que Ginger échoue dans sa mission. J'étais prête à supporter sa voix latine toute une vie si j'étais certaine de profiter des jours à venir dans le monde tel que nous le connaissions dorénavant.

— Si Ginger réussissait sa mission, tu retrouverais sans doute tes deux années perdues, tempéra Margarita.

— Elles ne sont sans doute pas perdues, elles sont juste passées différemment, lui expliquai-je.

Nous restâmes quelques secondes, les yeux dans le vague, happées par nos souvenirs.

— De la relativité des choses, ajoutai-je avant que Margarita ait eu le temps de placer sa réplique habituelle.

À Sulham, je regagnai mon petit paradis, l'amitié de Margarita, le confort, la tranquillité, les bons repas. Je découvris la tarte au citron meringuée, les langoustines à la mayonnaise et la confiture de cerises. Je demandai à nouveau à dormir dans la chambre de Margarita. Ainsi, nous passâmes une bonne partie de la nuit à nous raconter tout ce que nous avions vécu au cours de ces années d'éloignement. Margarita avait pris l'accent un peu snob de sa mère, et je m'amusais à l'imiter. Elle s'était découvert une nouvelle passion : l'astronomie. Deux fois par semaine, elle se rendait dans un club pour observer la lune et les étoiles. Là-bas, elle avait rencontré Keith, un jeune étudiant qui lui plaisait beaucoup.

— Il me rappelle Altman, me confia-t-elle. Je l'aimais bien, Altman.

— Et il t'aimait aussi.
— J'aimerais bien retourner là-bas, juste une fois, avoua-t-elle.
— Moi aussi, confiai-je. Moi aussi.
— Je crois qu'Alvénir est une drogue et nous sommes devenues dépendantes. C'est le pays de ce qui nous manque. Et il nous manquera toujours quelque chose, conclut-elle avant de s'endormir en souriant.

Aglaé s'inquiétait pour Ginger qui tardait à revenir. Nous n'avions malheureusement plus aucun moyen de nous rendre là-bas. Je tentai de la rassurer. J'avais longtemps douté des théories de Ginger. Désormais, j'étais sûre qu'en Alvénir les nœuds finissaient toujours par se défaire, les buts étaient atteints, le destin s'adaptait finalement à nos demandes.

Pourtant j'aurais aimé, moi aussi, revoir Ginger au plus vite. D'ailleurs, à plusieurs reprises depuis mon retour, je m'étais éclipsée du parc où nous passions nos récréations pour arpenter le petit bois, dans l'espoir d'y retrouver Alonn. Je prétendais que nous avions besoin de lui pour retourner en Alvénir et ramener notre jeune amie. Prudence n'était pas dupe. Elle avait compris que j'avais besoin de lui pour une autre raison. Elle savait que j'étais toujours amoureuse. June ne me laissait plus jamais seule, tant elle craignait que je ne disparaisse de nouveau.

Le père Phildamon ordonna qu'on retire ma tombe du cimetière. Le marbrier vint desceller les plaques de granit. Il dit qu'il polirait la pierre et qu'elle servirait à quelqu'un d'autre.

– C'est la première fois qu'on me demande d'effacer la mort de quelqu'un, remarqua-t-il, l'air amusé. On aimerait que ça arrive plus souvent !

J'avais repris l'école avec d'énormes lacunes compte tenu de mon absence, mais Ethelred ne nous punissait plus. Elle passait même son temps à nous remettre des tableaux d'honneur, des bons points, des rubans de couleur pour nous féliciter. Bonne conduite : ruban jaune. Camaraderie : ruban mauve. Bons résultats : ruban bleu. Encouragements : ruban vert. Elle adorait encourager les élèves. Nos pupitres étaient souvent recouverts de rubans verts à la fin de la semaine. Malgré le retour du beurre rance aux petits déjeuners, notre quotidien était beaucoup plus doux qu'avant. Mais la routine me lassait déjà. J'avais envie de repartir, de découvrir des endroits insolites, de rencontrer de nouvelles personnes. La perspective de rester encore un moment entre ces murs, avant d'entrer en apprentissage ou à l'université, me paraissait assez barbante. Finalement, peut-être valait-il mieux que Ginger parvienne à ses fins. Je passais mon temps à changer d'avis sur le sujet, qui occupait d'ailleurs une grande partie de mes conversations avec les autres orphelines.

Nos activités périscolaires demeuraient extrêmement limitées. La nouvelle sœur animait un atelier peinture chaque soir. Lady Bartropp continuait à financer l'orphelinat et se réjouit de nous offrir une quinzaine de chevalets, des toiles, des pinceaux. Mon premier tableau aurait dû être un portrait de June, mais j'étais si peu douée que personne ne la reconnut lorsque j'eus achevé mon travail.

Au bout de plusieurs essais infructueux, je me dis que j'avais sûrement plus d'avenir dans la musique. Je m'inscrivis donc à la chorale de région avec cinq filles de l'orphelinat qui fréquentaient déjà ce cercle depuis quelques mois. June, qui chantait un peu faux et préférait les cours de peinture, accepta exceptionnellement de me laisser partir sans elle. Une fois par semaine, le vendredi, les chorales des différentes institutions religieuses du Finnsbyshire se réunissaient à Appleton pour répéter en vue d'un grand concert de fin d'année. J'attendais avec impatience cette nouvelle aventure hebdomadaire hors de nos murs. Un car scolaire passa nous prendre devant la porte de l'abbaye. J'aimais la petite route qui serpentait vers la ville de mon enfance et notre excitation à l'idée de retrouver d'autres adolescents de la région. Comme j'étais nouvelle, je fus reçue par la chef de chœur qui me présenta au reste de la chorale. Je me tenais à côté d'elle face au groupe que formaient les chanteuses et les chanteurs. J'osais à peine regarder les garçons debout derrière. Pourtant ils devaient être une vingtaine, tous élèves au petit séminaire d'Appleton. La plupart d'entre eux se destinaient à devenir religieux. Le chœur me souhaita la bienvenue, on déclara que j'étais mezzo-soprano et l'on m'attribua une place dans le groupe.

Je me faufilai à ma place entre deux très grandes filles rousses. Les garçons, juste derrière mon rang, plaisantèrent en demandant si quelqu'un pouvait me prêter un marchepied. Je n'étais pas petite, mais encore une fois Margarita aurait pu nous entretenir ici sur la relativité des choses. Je me sentis rougir. Tous les regards se portaient sur moi. J'avais si peu l'habitude d'être ainsi en compagnie d'étudiants que je ne connaissais pas. La chef de chœur réclama le silence. Comme les plaisanteries sur ma taille continuaient bon train, elle finit par me placer au bout du rang des garçons, « en attendant que tout le monde se calme » dit-elle. Je n'osai pas lever les yeux, ni regarder cette bande de moqueurs. Je fixai la partition qu'on venait de me remettre et paniquai de plus belle, car mes connaissances en solfège se résumaient à lire la gamme de *do* majeur sur la portée. Je ne connaissais rien au rythme, rien à tous ces petits signes ajoutés à droite à gauche, et les paroles du chant, écrites sous les lignes, compliquaient les minutes à venir.

Je sentis un regard insistant se poser sur moi. Un garçon s'était décalé du rang et avait tourné la tête afin de m'observer. Je l'ignorai et continuai à faire semblant d'analyser ma partition. La professeur quitta sa place pour aller fermer la porte. Au bout d'une longue minute dérangeante, je finis par jeter un coup d'œil rapide vers le garçon entreprenant.

Je restai tétanisée, le visage sidéré. Je n'avais plus de voix, plus de jambes, plus de souffle, même mon cœur venait sans doute de s'arrêter de battre.

Alonn se tenait là, à quelques mètres de moi, me fixant sans relâche. Il me sourit, me fit un clin d'œil, et l'on se mit à chanter.

FIN

INDEX

Les orphelines

Joy MacInley, douze ans, un mètre cinquante-cinq, quarante-cinq kilos (dans le tome 1). Joy a connu des années de grand bonheur, entourée d'un père et d'une mère tendres et généreux. Elle habitait une belle maison, dans le Finnsbyshire, louée au frère de Lady Bartropp. Ses parents ont disparu lors d'un voyage en bateau. On a retrouvé leur voilier près de l'île d'Elm. Sans famille proche, Joy a été placée à l'orphelinat d'Abbey Road lorsqu'elle avait six ans. Jusqu'à ce qu'elle les retrouve en Alvénir et qu'elle comprenne alors qu'ils étaient morts. Lorsqu'elle les a revus au pays des morts, la mère de Joy lui a offert une écharpe que Joy ne quittera plus désormais. Joy croyait très fort au retour de ses parents. Elle se considérait comme une semi-orpheline et s'estimait donc différente des autres pensionnaires.

La meilleure amie de Joy est Margarita Von Straten, qu'elle trouve audacieuse et aventurière. June, Prudence,

Hope et Ginger sont aussi de très bonnes amies de Joy. Joy a un ours en peluche baptisé Smile. Elle a beau sembler timide et réservée, elle n'a pas hésité à prendre beaucoup de risques pour sauver Prudence de l'emprise du Diable Vert. Seules les jumelles Louise et Jessalyn, surnommées Louiséjessalyn, ne lui inspirent aucune amitié.

Joy a acquis beaucoup d'assurance lors de ses voyages en Alvénir, en affrontant des épreuves difficiles au péril de sa vie. Là-bas, elle est tombée amoureuse d'un Almour, Alonn, un garçon aux yeux violets, mais malheureusement cet amour ne semblait pas réciproque. Pourtant, dans le tome 3, Alonn a attrapé la maladie d'Almour, et Joy a compris que cet Almour l'aimait sans doute. Mais entre-temps, Joy est tombée amoureuse de Mauk...

Margarita Von Straten, quatorze ans, née le 14 décembre, est petite et maigre, avec de longs cheveux blond vénitien. Margarita adore lire. Les sœurs disent qu'elle est «une véritable encyclopédie». Sérieuse et réfléchie, elle aime aussi apprendre des choses à ses amies. Elle ne croit pas en Dieu. Elle est la première à s'être aventurée dans les sous-sols de l'abbaye. Elle est ensuite descendue avec ses amies dans les souterrains du Diable Vert. Elle rêve de pouvoir arpenter le monde d'Alvénir, mais Ginger lui en refuse l'accès. Margarita a découvert que ses parents étaient Dawson et Lady Bartropp, sa tante étant donc Eulalie. Elle a alors quitté l'orphelinat pour habiter au château de Sulham. Dans le tome 2, Ginger ayant refusé de l'emmener en Alvénir parce qu'il ne lui manquait rien, Margarita a attendu ses parents à l'orphelinat pendant qu'ils allaient libérer Eulalie.

Ginger, dix ans, a la peau caramel, les yeux noirs, légèrement bridés, les cheveux auburn. Elle a des origines étrangères que Louiséjessalyn appelle des « origines étranges ». Sa mère venait d'une petite île perdue au milieu d'un océan. Ses parents sont morts lors d'un tremblement de terre. Elle a survécu au drame en se réfugiant sous une table, mais elle répète souvent qu'elle aurait préféré mourir avec ses parents.

Les sœurs disent qu'elle est dérangée parce qu'elle ne tient jamais en place. En fait, Ginger a des pouvoirs surnaturels. Elle entend une voix intérieure qui la guide. Le grand sorcier Alfomène Sitranpuk lui a appris que les enfants de sang sacré qui ont perdu leurs parents ont un guide interne jusqu'à la puberté. Elle est également suivie par une voix qu'elle n'entend pas et qui chante toujours la même chanson latine (l'hymne mogador). Ginger pense qu'il s'agit d'un fantôme. Mais c'est en fait une sorte de souvenir maléfique génétique. Pour s'en débarrasser, elle doit effacer le mal qu'ont fait ses ancêtres.

Ginger est la seule à pouvoir entrer et faire entrer ses amis dans le monde d'Alvénir. En sa présence, le petit bois situé derrière le potager de l'orphelinat se transforme en un monde parallèle : le monde d'Alvénir. Grâce à elle,

Prudence a pu être sauvée, car les brûlures et le mauvais sort du Diable Vert ne peuvent disparaître qu'au contact de l'eau de la source d'Alvénir. Elle a accompagné Lady Bartropp et Joy en Alvénir pour les aider à retrouver ce qui leur manquait, mais elle n'a pas pu revoir ses parents. Sa voix intérieure lui a soufflé que son tour n'était pas venu. Et Ginger croit tout ce que lui conseille sa voix intérieure. Dans le tome 3, on apprend qu'elle est la petite-fille du Diable Vert, mais elle ne le sait pas encore.

Prudence, douze ans.
Elle est bavarde, joyeuse en toutes circonstances, et aime attirer l'attention. Prudence ne sait rien garder pour elle. Elle est directe et curieuse de tout, un peu trop curieuse d'ailleurs… Prudence est arrivée à l'orphelinat lorsqu'elle avait quelques jours. Sa mère l'avait déposée dans un couffin devant la porte de l'abbaye. Elle est assez proche de Margarita, qui, comme elle, a été accueillie par les sœurs quelques jours après sa naissance.
La curiosité de Prudence l'a entraînée dans les appartements du Diable Vert. Elle a failli y perdre la vie. Elle a survécu grâce à ses amies qui ont bravé les interdits et rapporté d'Alvénir un flacon d'eau magique pour la sauver. Dans le tome 3, le Diable Vert a pris son apparence pour pouvoir retourner en Alvénir. Pendant ce temps, la pauvre Prudence a été enfermée, bâillonnée, pieds et poings liés, dans un placard de l'abbaye. Ce sont Joy et June qui l'ont libérée.

June, douze ans environ, est la grande amie de toutes les orphelines.

Elle préfère les filles aux garçons, qu'elle trouve inintéressants (en fait, elle n'en a jamais rencontré, à part quelques chanteurs de la chorale).

Elle est orpheline, bien que ses parents soient encore en vie. Ils ont été destitués de leurs droits parentaux pour maltraitance. Dès son plus jeune âge, June a porté des fagots de bois et a nettoyé les écuries. Elle a été placée à l'orphelinat à sept ans et s'en réjouit. Pour la première fois de sa vie, elle a pu manger à sa faim et dormir dans un lit. June est enthousiaste et toujours positive. Pour elle, rien ne peut être pire que la vie vécue auprès de ses parents.

June essaie toujours de tempérer ses amies et de voir le bon côté des choses.

Elle a accompagné Joy, Margarita et Hope dans les souterrains du Diable Vert. C'est elle qui a conduit dans ses bras la chatte Alsima jusqu'à l'orphelinat, mais elle n'a jamais pu entrer dans le monde d'Alvénir avant le tome 3.

Louise et Jessalyn (dites Louiséjessalyn), douze ans. Ces jumelles se sont construit un monde à elles et ont grandi à l'orphelinat sans rechercher la compagnie des autres pensionnaires.

Elles parlent leur propre langage, un dialecte gémellique compris d'elles seules, et forment un tout, un être double asocial et froid, surnommé par les autres pensionnaires : Louiséjessalyn. Elles œuvrent sans cesse pour faire punir les autres.

Elles sont menteuses, opportunistes et assez tristes. Elles voudraient bien comprendre ce qui occupe Joy et ses amies, mais personne ne se risquerait à leur confier un secret.

Hope, sept ans, est la plus jeune du dortoir.

Ses parents sont morts d'une mauvaise grippe lorsqu'elle avait six ans. Elle ne se console pas de leur disparition et pleure souvent. Anxieuse, elle cherche du réconfort auprès des plus grandes.

Elle est assez gaffeuse, mais solidaire du reste du groupe. D'ailleurs, malgré son jeune âge, elle s'est vite fait accepter dans le groupe de Joy, Margarita, June et Prudence.

*
* *

Les sœurs

Sœur Alarice, quarante ans environ, mère supérieure. Dure et sévère, elle fait parfois preuve de bonté. Elle est crainte des autres sœurs et des orphelines.

Avec une certaine hypocrisie, elle se plie ou fait semblant de se plier aux exigences de Lady Bartropp, qui finance l'abbaye et l'orphelinat.

Sœur Ethelred

Elle surveille le dortoir et s'occupe la plupart du temps des orphelines.

Méchante et autoritaire, elle distribue des punitions à longueur de journée et semble avoir chassé toute notion de bonheur et de plaisir de son existence.

Elle méprise les enfants, qu'elle considère comme des êtres humains inachevés. Elle ne leur laisse aucune liberté.

Elle a un faible pour l'archevêque de Milbury, monseigneur Paine.

Sœur Eulalie

C'est la sœur de Lady Bartropp.

Elle ne fait pas partie de la congrégation des Sœurs de la Joie, mais Lady Bartropp lui a demandé de s'occuper de Prudence parce que les sœurs de l'orphelinat la laissaient mourir.

Eulalie est une jeune femme sympathique, altruiste, dévouée, amusante. Elle aime beaucoup les enfants et les histoires de fées.

Elle rêve d'aventure. Pour cette raison, elle s'est risquée en Alvénir et s'est fait kidnapper par la Grande Chouette afin d'enseigner aux Almours les notions de plaisir et de bonheur.

La Grande Chouette lui a finalement rendu sa liberté, suite aux épreuves réussies par Joy, Ginger, Dawson et Lady Bartropp. Elle a été recouverte d'alchimine, comme les autres.

*
* *

Les autres personnages

Lady Bartropp a une quarantaine d'années et le visage fin et pointu. C'est une femme élégante en toutes circonstances et très attentionnée.

Dans le Finnsbyshire, tout appartient aux Bartropp, une famille de nobles, orfèvres de père en fils. Lady Bartropp a offert le Green Devil's Manor à la congrégation des Sœurs de la Joie qui résidaient dans l'abbaye voisine afin qu'elles y ouvrent un orphelinat. L'orphelinat et l'abbaye sont financés par les dons de Lady Bartropp. Elle a longtemps vécu sans mari, sans enfant, mais entourée de domestiques, au château de Sulham, à quelques miles de la petite ville d'Appleton. Elle a dû attendre la mort de ses parents pour pouvoir officialiser sa liaison avec Dawson, le jardinier, avec qui elle avait eu une fille quatorze ans plus tôt, Margarita. L'orphelinat a surtout été créé pour que Lady Bartropp puisse voir grandir sa fille et que son père, Dawson, puisse s'occuper d'elle. Lady Bartropp a révélé à Margarita qu'elle était sa mère. Mais elle a aussi été séparée de sa sœur, sœur Eulalie, kidnappée par la Grande Chouette. Elle a donc décidé de voyager en Alvénir, accompagnée de Dawson, de Joy et Ginger, afin de retrouver ce qui lui manque. Son voyage a permis la libération de sa sœur, mais elle a perdu ponctuellement la mémoire.

Dawson Von Straten a une quarantaine d'années, les cheveux roux foncé, les yeux bleu turquoise légèrement enfoncés. Sa bouche fine dévoile de temps en temps un sourire très blanc et une incisive à peine cassée sur la mâchoire supérieure. Grand et mince, il a une silhouette d'aristocrate. Il fume la pipe (le même tabac que celui du père de Joy). Dawson est la seule présence masculine rassurante dans l'entourage des orphelines.

Il y a quatorze ans, il était employé au château de Sulham (domaine de la famille Bartropp). Ensuite il a pris la place de jardinier de l'abbaye pour pouvoir veiller discrètement et secrètement sur sa fille Margarita.

Dans le tome 1, Dawson s'est marié à Lady Bartropp, avec qui il entretenait une relation amoureuse secrète depuis plus de quatorze ans. Margarita a appris que Dawson était son père. Il a souhaité accompagner son épouse en Alvénir afin de l'aider dans sa quête, mais, transformé en nouveau-né, il n'a pas toujours été d'une grande utilité pendant ce voyage.

La Grande Chouette d'Alvénir

Contrairement à ce que son nom pourrait laisser croire, elle n'apparaît pas sous la forme d'un volatile, mais sous celle d'une femme élégante, habillée d'un smoking. Elle est très autoritaire et a la fâcheuse manie de kidnapper les visiteurs d'Alvénir pour enrichir ses connaissances. Elle a enlevé Eulalie, la sœur de Lady Bartropp, afin de comprendre la notion de bonheur, dont elle n'avait jamais entendu parler. Pour elle, « les enfants sont les voix que les adultes devraient toujours écouter ».

Sa voix à elle est très douce. Ses apparitions sont toujours précédées d'un brouillard dense. L'air devient glacé. Des centaines de papillons verts surgissent du centre du nuage. Elle se téléporte ainsi où elle veut. Lorsqu'elle disparaît, les papillons deviennent des flocons de neige qui fondent sur le sol.

Protectrice d'Alvénir, elle exige que les visiteurs viennent à bout de trois quêtes pour retrouver ce qu'il leur manque. Elle a ainsi aidé Joy à retrouver ses parents. C'est elle aussi qui a laissé sa liberté à Eulalie, rendu la mémoire à Lady Bartropp et redonné à Dawson son apparence d'adulte. Avant de diriger Alvénir, elle a longtemps été cuisinière au Palais. C'est elle qui a élevé Almohara (le père de Ginger, fils d'Altenhata et du Diable Vert).

La Grande Chouette voudrait que Joy guérisse Alonn de la maladie d'Almour. Elle semble persuadée que Joy est la seule à pouvoir le sortir d'affaire.

Alsima

Princesse des Portes du temps, fille d'Alvirapami, roi du vent, et d'Altenhata, reine des heures et du temps qui passe. Il y a plus de deux siècles, elle a été emprisonnée dans les souterrains de l'abbaye par le Diable Vert lors de son bannissement d'Alvénir. La Grande Chouette a promis de l'eau de la source bienfaitrice aux orphelines si elles ramenaient Alsima en Alvénir, Alsima étant la seule à pouvoir ouvrir les Portes du temps. Grâce à Ginger et Joy, Alsima veille donc de nouveau sur les Portes du temps. Elle a permis à Joy, Ginger, Aglaé et Dawson de rentrer dans la maison de Chronos et de venir à bout de l'une de leurs quêtes en privant Chronos de ses armes, le temps de cent trois chansons. Puis elle a ouvert la Porte du passé pour que les orphelines puissent aller chercher de l'alchiminott.

Altenhata

Reine des heures et du temps qui passe, Altenhata vivait avec Alvirapami, roi du vent. Ils eurent ensemble une fille : Alsima. Cependant, Altenhata avait aussi un amant : le sorcier Volem Ratamazaz, un Mogador avec lequel elle eut ensuite un fils dénommé Almohara (le père de Ginger). Or il était impensable qu'un être de sang sacré s'unisse avec un Mogador. Cette liaison et cet enfant devaient donc rester secrets. Altenhata finit d'ailleurs par quitter Volem en emmenant leur enfant, tant elle n'assumait pas cette union interdite.

Alfébor

Ce hibou presque jaune a des yeux ressemblant à des pierres précieuses. Il est le gardien de la source sacrée. Il n'autorise pas les visiteurs extérieurs à prendre plus d'une carafe d'eau par demi-siècle. Alfébor est bourru et rouspéteur. Il trouve toutes les questions ridicules et refuse d'y répondre.

Le Diable Vert

Il est bossu et a un visage effrayant. Il ne supporte pas la lumière et il mourrait s'il regardait le soleil.

Il a été banni d'Alvénir suite à la révolte des Mogadors. Il veut faire le mal à tout prix.

Il attend ses proies dans l'obscurité de ses souterrains et sort la nuit pour voler de la nourriture dans la cuisine et le potager de l'abbaye. En Alvénir, c'est la source qui donne de l'énergie aux êtres vivants, mais, sur terre, le Diable Vert privé de cette eau bienfaitrice doit voler de l'énergie vitale aux êtres humains pour survivre. Pour qu'une proie lui appartienne, il la brûle du bout de son doigt. L'énergie de la victime disparaît, tandis que le Diable Vert, lui, reprend des forces. Depuis plusieurs siècles, cette créature a anéanti diverses personnes à l'abbaye : un prêtre alcoolique, un jardinier curieux, un membre de la famille Bartropp… Prudence, elle, a été sauvée grâce à la volonté de ses amies.

Le Diable Vert, qui était revenu à l'abbaye sous les traits du nouveau jardinier, a lancé de l'alchimine, une poudre anéantissante, sur tous les habitants de l'abbaye. Il cherchait à contrôler les lieux. Il a plongé les sœurs, le prêtre, Dawson, Aglaé, Eulalie et les pensionnaires de l'orphelinat dans une torpeur mortelle. Seules, Joy, June, Margarita et Ginger ont réussi à ne pas être atteintes par ce mal. Accompagnées par une étrange Prudence qui s'avérera être le Diable Vert en personne, elles sont parties faire un voyage dans le passé, en Alvénir, pour trouver de l'alchiminott, le seul antidote possible pour sauver les leurs.

Dans le passé, elles ont découvert le véritable visage du Diable Vert. Il s'appelle Volem Ratamazaz. Ce sorcier a été l'amant d'Altenhata, dont il a eu un enfant qui n'est autre qu'Almohara, le père de Ginger. Pour des raisons plus sentimentales que politiques, Volem fut à l'origine de la révolte des Mogadors (voir «Altenhata»). Il eut le malheur d'avaler une mauvaise potion qui le transforma en un affreux Diable Vert.

Sir de Grevelin est le nouveau jardinier de l'orphelinat. Il a remplacé Dawson, désormais installé au château de Sulham depuis son mariage avec Lady Bartropp. Noble sans fortune et sans famille, né dans le nord du pays, il refuse d'être appelé par son prénom. Il porte toujours d'épaisses lunettes de verre fumé, même les jours sans soleil. Il fuit la compagnie des sœurs et des orphelines. Sœur Ethelred le trouve «peu civilisé». Pour toutes, il est antipathique et un peu effrayant. Dans le tome 3, on a découvert que de Grevelin était en fait le Diable Vert. Il a pris l'apparence de Prudence pour pouvoir retourner en Alvénir.

Les **Almours** grandissent et passent leur vie entière au Palais d'Alvénir.
De sang sacré, ce sont des êtres aux yeux violets, dépourvus d'émotions et de sentiments. Le rire, le bonheur, le plaisir ne sont pas des notions innées chez eux, mais doivent faire l'objet d'un apprentissage à l'école. Ils ne connaissent que l'empathie.

Ils possèdent un don de naissance qui leur permet de recevoir par télépathie les appels au secours des habitants d'Alvénir afin de leur venir en aide. Les Almours se réunissent chaque soir pour « déterminer », c'est-à-dire pour trier les demandes des habitants et se répartir les tâches de sauvetage.

Alonn fait partie des Almours. Il est beau, gentil, prévenant et très doux. Il est toujours là pour aider Joy, avec qui il communique par télépathie. Il est aussi capable de lire dans ses pensées même lorsqu'elle ne le souhaite pas, et cela juste parce qu'elle l'aime. Mais lui ne semble avoir aucune idée de ce que signifie l'amour. Il a été froid et distant lorsque Joy lui a annoncé son départ d'Alvénir. Il n'avait pas l'air de tenir à Joy. C'est normal puisqu'il est un Almour. Dans le tome 3, Alonn a attrapé la maladie d'Almour parce qu'il est tombé amoureux de Joy. Or les sentiments agissent comme des microbes sur les Almours. Alonn dépérit à vue d'œil. La Grande Chouette, qui ne veut pas « perdre » un Almour, a ordonné à Joy de le soigner. Mais il s'agit d'une mission délicate...

Albas est aussi un jeune Almour. Lorsque Alonn était malade, il l'a parfois remplacé dans certaines de ses fonctions.

Altman habite avec sa mère dans le village d'Alegory, en Alvénir. Sa mère le traite de voyou et lui reproche ses mauvaises fréquentations, mais elle sait au fond d'elle que son fils est un bon garçon. Futé, débrouillard, Altman est aussi un excellent élève. Il a appris à se défendre contre les bandits mogadors, nombreux dans sa ville, et surtout dans le quartier d'Extrême Frontière. Il est très disponible et toujours prêt à aider les orphelines. Comme son ami Aljar, Altman est très attirée par Myst, la bandit mogadore. Cela crée quelques jalousies entre les deux garçons.

Alilam est le bandit mogador le plus influent d'Alvénir. Il partage sa vie entre Alegory et le pays Mogador, entre deux demeures somptueuses et deux femmes. Marié à une femme d'Alvénir, il s'est inventé un prénom en « Al », afin de pouvoir s'installer à Alegory sans être montré du doigt. La Grande Chouette surveille ses agissements. Disciple du Diable Vert, Alilam a participé à la révolte mogadore. Il a engagé Myst, la jolie bandit, pour reconstituer le collier sacré d'Altenhata. Si le collier est entièrement reformé, Alilam possédera alors un sésame pour circuler entre les mondes de son choix.

Aljar, fils d'Alilam, bandit mogador et ami d'Altman, habite l'une des plus belles maisons d'Alegory. D'un naturel assez superficiel, il est prêt à s'opposer à son père et à braver sa colère pour les beaux yeux de n'importe quelle jolie fille. Grâce à lui, Myst a pu recouvrer sa liberté alors qu'elle avait été séquestrée par Alilam, et a trouvé refuge par la suite dans la chambre d'Aljar, en qui elle a toute confiance.

Mauk

Mauk est blond, grand, la peau mate, le regard intense et curieux de tout, les pommettes hautes, le sourire charmant. Il est le fils de Sovid, un ami de Volem Ratamazaz. Mauk est un Mogador du passé.

Il rêve d'aventure. Il s'intéresse beaucoup à Joy et l'a suppliée de l'emmener avec elle à l'orphelinat. Mais il lui est impossible de rester plus d'une nuit dans une autre époque, sous peine d'y séjourner éternellement. Mauk a pourtant risqué l'aventure. Dans la montgolfière qui voyage dans le temps, Joy a découvert qu'elle ne pouvait plus se mentir : elle est aussi amoureuse de lui.

Virginia et Wesley

Virginia est une vieille femme aveugle qui habite à côté de l'abbaye. Elle a accueilli les orphelines alors qu'elles fuyaient le Diable Vert. En échange, Margarita lui a promis de l'aider à retrouver Wesley, le cocher du château de Sulham, qui jadis avait été son amoureux.

Alyss

Alyss est, au même titre que Mauk ou Volem Ratamazaz, un personnage du passé d'Alvénir. Elle tient la taverne d'Alegory et connaît tous les potins du pays. C'est une jolie femme généreuse qui ne se laisse jamais marcher sur les pieds. Elle a pour ami le plus fort des sorciers d'Alvénir : Alfomène Sitranpuk (Alfomène prend souvent l'apparence d'un rat).

Les **reflets**

Parfois les gens naissent avec deux reflets. Il s'agit d'une sorte de gémellité, d'une anomalie. Le second reflet n'est jamais parfait et ne sert à rien. Les reflets inutiles sont accueillis en Alvénir parce qu'il leur manquera toujours quelqu'un : soit leur double, soit la personne qu'ils étaient supposés refléter. Une famille de substitution et un environnement agréable leur sont attribués. Cependant, les reflets sont nombreux à tenter de fuir, alors qu'ils ne savent pas se débrouiller seuls. Ils sont prêts à suivre n'importe qui et à faire n'importe quoi. Ils empruntent les failles, ils paient des Mogadors pour connaître une autre existence.

Certains indicateurs mogadors monnaient les informations concernant les visiteurs extérieurs afin de faciliter les évasions des reflets. Ces derniers se substituent alors à leur double pour s'échapper. Les reflets n'ont pas conscience d'être simplement protégés et non emprisonnés dans le monde d'Alvénir.

Le **reflet de Margarita**

Une autre Margarita a longtemps habité sous l'abbaye, derrière le miroir, dans les appartements du Diable Vert. Elle est retournée en Alvénir grâce à Joy et Ginger lorsque ces dernières ont reconduit Alsima en Alvénir.

Elle ne cesse de se faire passer pour Margarita afin de s'échapper d'Alvénir et de revenir à l'abbaye. Elle prétend connaître une faille qui y conduit.

Pour se débarrasser d'elle, Joy lui a promis de lui rapporter une écharpe semblable à celle que sa mère lui a tricotée.

Alpagos
Sur les terres d'Alpagos le Rouvineur, il faut « calambrer ». La rencontre avec Alpagos constitue l'une des premières quêtes de Joy, Ginger, Aglaé et Dawson, leur permettant de retrouver sœur Eulalie. Dissimulé dans la salle de son théâtre baroque, Alpagos délivre un diplôme attestant de la capacité à calambrer à tout visiteur ayant récité un poème en alexandrins.

Chronos règne sur le Temps. Il possède un corps de serpent recouvert d'écailles, deux bras et trois têtes d'homme, de lion et de taureau. Il a pris la place d'Altenhata lorsqu'elle a été décapitée par le Diable Vert, pendant la révolte des Mogadors.
À l'origine de la « suppression des heures » en Alvénir, il a imposé que les journées soient divisées seulement en trois parties. Il ne se sépare jamais de ses armes : sa faux et son sablier. Même s'il passe ses journées à écrire les Mémoires du Temps, Chronos s'ennuie. Ginger, elle, a trouvé ce qui pouvait intéresser le Temps : les histoires et les questions intelligentes.

*
* *

Les lieux

Le manoir du Diable Vert, dit l'orphelinat d'Abbey Road.

Il y a quelques années, cette demeure s'appelait encore «The Green Devil's Manor» à cause d'une gargouille épouvantable accueillant les visiteurs au-dessus du perron. Mais lorsque Lady Bartropp a offert cette demeure à la congrégation des Sœurs de la Joie qui résidaient dans l'abbaye voisine, ces dernières ont évidemment préféré la rebaptiser du nom de la rue dans laquelle elle trônait depuis plus de trois siècles.

Le manoir est situé à une centaine de mètres de l'abbaye sur un même terrain. Les bâtiments se répartissent autour d'une vaste pelouse. Le manoir est situé à une extrémité de ce jardin, l'abbatiale, à l'autre. Entre les deux, se trouvent l'abbaye (sur la droite lorsqu'on regarde l'abbatiale) et la maison du jardinier (sur la gauche, c'est-à-dire du côté d'Abbey Road). Le dortoir des orphelines est l'ancienne salle de bal du manoir.

À l'arrière de la demeure se trouve le potager, séparé du chemin par une roseraie. Derrière encore, le petit bois de l'abbaye se transforme en Alvénir en présence de Ginger.

L'abbatiale
Cette grande église, sous laquelle se trouvent une crypte et des souterrains, est située à une centaine de

mètres de l'orphelinat. C'est en voulant se cacher dans l'abbatiale pour éviter la visite médicale que Margarita a découvert la demeure du Diable Vert. On sait maintenant qu'il existe deux accès menant à ses appartements : une porte donnant dans la crypte et une trappe située sous l'autel de l'abbatiale. C'est également sous l'autel que Joy a découvert un manuscrit magique qui lui a donné les clefs pour pouvoir guérir Prudence. À la fin du tome 2, le Diable Vert avait enfermé toutes ses victimes dans l'abbatiale.

Le château de Sulham

Situé à quelques miles de la petite ville d'Appleton, le château de la famille Bartropp possède un parc immense, un étang et des pièces majestueuses. Aglaé Bartropp y vit désormais avec Dawson Von Straten, son mari, et Margarita, leur fille. Il se trouve à quelques heures de route de l'orphelinat.

Le monde d'Alvénir

C'est le pays de ce qui nous manque. Ginger, grâce à ses curieux pouvoirs, parvient à entrer et à faire entrer son entourage dans le monde d'Alvénir. La Grande Chouette règne sur Alvénir. Alfébor, le hibou, est, pour sa part, le gardien de la source sacrée.

En Alvénir, il n'existe pas de punition ni de sanction, car personne ne transgresse les lois. Les habitants d'Alvénir peuvent avoir des apparences bien différentes. On trouve ici des créatures mi-humaines, mi-animales, mais aussi des êtres édentés semblables à de grands bébés (les Éphémères), des hommes aux yeux violets (les Almours) et des êtres qui nous ressemblent.

Alegory

Dans ce village frontière, il faut prendre garde aux nombreuses failles, ces tunnels invisibles permettant d'accéder au pays Mogador, mais il faut aussi se méfier des bandits. Alegory a la réputation d'être « mal fréquenté ». Pour rester en Alvénir, certains bandits mogadors se sont mariés à des gens d'Alvénir et se sont installés à Alegory, en compagnie de leur femme et de leurs enfants métis (comme Aljar, fils d'Alilam et d'une femme d'Alvénir). C'est à Alegory que Joy a fait la rencontre d'Altman.

Le pays Mogador

On y accède par les failles situées dans le village d'Alegory. Les habitants d'Alvénir ont peur de s'y aventurer. Dans le passé, les Mogadors étaient déjà considérés, sans raison, comme des êtres « inférieurs » par le peuple d'Alvénir, mais ils pouvaient circuler librement, ce qui n'est plus le cas aujourd'hui. Alvénir s'était annexé le pays Mogador par la ruse, plus que par la force, parce qu'il était facilement colonisable, mais aussi parce qu'il existait dans ce pays deux sources sacrées, pourvoyeuses d'énergie vitale. Au départ, on avait laissé entendre aux Mogadors qu'ils trouveraient également un avantage à faire partie du monde d'Alvénir puisqu'ils pourraient, eux aussi, si besoin était, utiliser la source sacrée d'Alvénir. Les Mogadors n'étaient pas stupides. Ils possédaient deux sources et savaient bien qu'ils n'auraient pas à utiliser l'eau d'Alvénir. Mais en pays Mogador, les terres n'étaient pas fertiles et la nourriture manquait. Le peuple mogador dut accepter d'être colonisé pour pouvoir manger à sa faim.

La **Porte du passé**

La Porte du passé, gardée par Alsima, s'ouvre sur une immense prairie dans laquelle sont attachées une centaine de montgolfières. D'énormes ballons multicolores y attendent les voyageurs. Pavel et Valentien, deux vieillards qui passent leur temps à jouer aux cartes, sont les responsables des voyages.

Les orphelines d'Abbey Road

tome 1. *Le Diable Vert*
tome 2. *Le monde d'Alvénir*
tome 3. *Les lumières du passé*
tome 4. *L'invasion des Mogadors*

Du même auteur à *l'école des loisirs*

Collection Mouche

Les mots maléfiques
Bizarre, bizarre
Celle que j'aime
La rédaction de Soleman

Collection Neuf

Le paradis d'en bas (tomes 1, 2 et 3)
Le poisson qui souriait
J'ai eu des ailes
Le petit prince noir et les 1 213 moutons
Réservé à ceux
Mon sorcier bien-aimé
Mauvais élève
Les zinzins de l'assiette
La question qui tue
Ma grand-mère m'a mordu

Collection Médium

L'autre
La question des Mughdis
Les aventures d'Olsen Petersen
tome 1. *Neuf*
tome 2. *J'ai été vieux*
tome 3. *Mais où étiez-vous, Petersen ?*
Puisque nous sommes toi
C'est l'aventure ! (recueil de nouvelles collectif)
Il était une fois dans l'Est

www.audren.com

Cet ouvrage a été achevé d'imprimer
sur Roto-Page
par l'Imprimerie Floch à Mayenne
en mars 2014

N° d'impression : 86592
Imprimé en France